hommes et océans

Photo de couverture : © Gilles Martin-Raget

BP 177 - 38008 Grenoble Cedex

ISBN : 2.7234.3341.2
Dépôt légal : X 2000

Entre deux mers

ENTRE DEUX MONDES

Dans la même collection : Hommes et Océans

Jean-Michel Barrault, *Mer Bonheur* – Prix Aigue marine.
Jean-Michel Barrault, *Escales*
Michèle Demai, *Alaska Dream*
Guillaume Hezez, *Odyssée en mer Rouge*
Yves Jacob, *Heloa, la passagère clandestine*
Yves Jacob, *La Canarienne, le crépuscule des Guanches*
Gérard Janichon, *Voyage sans escale*
Philippe Monnet, *Le monde à l'envers par 70° sud, contre vents et courants* (à paraître)
Patrick Mouton, *Les héritiers de Neptune*
Patrick Mouton, *Le passager de la Lune*
Jean-Paul Ollivier, *Les filets bleus*
Yves Pestel, *Cap à l'Ouest, des sagas au blues*
Jean Puiseux, *Altitude et longitudes, ou le fauteuil flottant*
Danièle Romatet, *Retour d'océan*

Du même auteur, chez le même éditeur :
Possibles rêves – Prix Sport Scriptum, 1997.

CATHERINE CHABAUD

Entre deux mers

ENTRE DEUX MONDES

Glénat

À Anne, Frédo...
Christian, Jacques...
et tous ceux qui ont permis que notre bateau existe,
À Luky, Juju, Pierrot, Lionel, Marc, Éric...
et tous ceux qui ont apporté leur expérience,
leur talent et leur amour à cette extraordinaire machine
qui sera mon compagnon autour du monde.
À ma famille et à Yves, qui m'accompagnent et me soutiennent.

Le 23 mars 1997, je boucle un tour du monde à la voile, en solitaire et sans escale. Partagée entre le soulagement et le regret d'en finir, après cent quarante jours de mer, je suis convaincue de ne plus jamais vouloir naviguer seule dans l'enfer magnifique du Grand Sud.

En ce premier dimanche de printemps baigné de soleil, je pense surtout au bonheur de l'accomplissement et du retour auprès de ceux que j'aime.

Demain, 5 novembre 2000, alors que j'avais juré que l'on ne m'y reprendrait plus, je serai de nouveau au départ du Vendée Globe. L'aventure qui m'attend, je le sais, est extrême. Elle sera violente et riche, douloureuse et superbe. Mais le chemin qui m'a conduite d'un tour du monde à l'autre est une histoire différente, tout aussi dense et merveilleuse, vécue entre terre et mer.

J'aurais pu attendre d'avoir achevé une deuxième révolution autour de la planète avant d'écrire mon « entre deux mers », pourtant je devine que les péripéties de cette nouvelle circumnavigation vont éroder le souvenir de quatre années d'exception. C'est pourquoi, avant de reprendre le large, j'ai souhaité témoigner des mille et une vies qu'il m'a été donné d'expérimenter entre deux mondes.

À l'heure du départ du Vendée Globe, ceux qui me liront découvriront peut-être ce qui se cache derrière l'appel de la haute mer. Une telle histoire ne s'est pas écrite en un jour. Elle a supposé des choix, des renoncements, une évolution, l'engagement de toute une équipe, pour être à la hauteur d'un objectif ambitieux. L'itinéraire de ces années de préparation s'est nourri de rencontres, de découvertes, d'apprentissages, de mouvement, d'amour.

L'expérience vécue est bien plus belle que le rêve caressé. C'est elle que j'ai envie de partager avant de retrouver celle qui en est la cause et le but ultime : la mer.

Apprivoiser la tempête

Cinquième jour de course. Nous sommes en tête de la transat Jacques Vabre. Luc Bartissol, responsable technique du bateau, est co-skipper pour cette traversée de l'Atlantique à destination de Carthagène. Nous sommes si motivés qu'il n'y a pas eu un instant de relâche à bord depuis le départ du Havre.

Mais aujourd'hui, il ne s'agit plus de s'inquiéter du classement. La tempête fait rage, plus de 45 nœuds[1] à l'anémomètre, le baromètre plonge et ce qui nous attend est encore plus inquiétant. Le cyclone Irène a repris le chemin des dépressions d'Atlantique Nord et vient d'être phagocyté par l'une d'elles. La zone

1. Près de 85 km/h.

dépressionnaire va bientôt couvrir la quasi-totalité de l'océan entre le continent nord-américain et l'Europe. Des cargos auraient observé des creux de 20 mètres !

Même la trajectoire dite « de sauvegarde » proposée par Jean-Yves Bernot, notre routeur, s'annonce creuse et cassante. La météo prévoit des vents d'ouest à plus de 60 nœuds[2] avec une mer énorme, et certains bulletins parlent de vagues « phénoménales » pour décrire celles que nous allons rencontrer...

Sur *Whirlpool – Europe 2*, nous avons déjà réduit la grand-voile à trois ris et pris l'unique ris de la trinquette Titeuf[3]. Pourtant, il nous faut encore diminuer la surface de voilure. Il devient même urgent de hisser le tourmentin, cette minuscule voile triangulaire, que le règlement impose de couleur orange vif. Porté uniquement en cas de tempête, ce tourmentin fluorescent permet de mieux repérer le bateau si la situation tourne mal.

Par temps calme – mais on ne grée jamais un tourmentin dans des conditions clémentes –,

---

2. 110 km/h.

3. Titeuf est un personnage de bandes dessinées créé par Zep dont les albums sont publiés par les Éditions Glénat, partenaire du bateau.

la manœuvre est un jeu d'enfant : il faut affaler la trinquette, l'amarrer sur le pont, sortir le tourmentin de la soute à voiles, fixer les mousquetons le long de l'étai, passer la drisse de la têtière de la trinquette à celle du tourmentin, procéder de même avec les écoutes, envoyer la voile et la border. Dans la tempête, l'enchaînement des tâches devient particulièrement périlleux.

Quand Luc et moi l'entamons, il fait nuit noire. Au près serré – tribord amure –, la plage avant du bateau est submergée par les vagues. Pour l'atteindre et nous y mouvoir, nous devons nous écarter du lit du vent. En double, il est plus sûr de conserver la conduite du bateau pendant la manœuvre plutôt que de la confier au pilote automatique. Comme je suis handicapée par une entorse que je me suis faite avant le départ de la course, je prends la barre pendant que Luc, plus agile, effectuera le changement de voile.

À cette allure – le portant –, même sous voilure réduite, notre monocoque taillé comme une planche à voile accélère sur la moindre vague, rebondit et se cabre. Sans les conditions apocalyptiques que nous subissons, j'y trouverais presque du plaisir. Mais je ne vois rien, car le feu de pont qui éclaire les gestes de Luc m'aveugle, et les vagues sont difficiles à négocier. La barre est dure. Ce défaut de naissance, qui devra être résolu au cours du prochain chantier, incite le bateau à partir à gauche. Généralement peu sensible, le phénomène rend le voilier presque impossible à barrer par mer et vents forts. Nous en avons déjà fait les frais dans la première étape de la course de l'Europe. Alors qu'Isabelle Autissier se trouvait à la barre, le bateau est parti violemment sur l'autre bord puis est resté de longues secondes sur la tranche. Dans les conditions que nous connaissons avec Luc, une telle embardée pourrait avoir des conséquences dramatiques : même attaché, Luc risquerait d'être projeté à la mer, et moi aussi, bien que je sois retenue en deux points fixes du cockpit.

Luc procède avec concentration et méthode. Première difficulté, affaler la trinquette. À mesure qu'il laisse filer la drisse d'une main, ni trop vite, ni trop lentement, Luc doit récupérer la toile pour éviter qu'elle ne tombe à l'eau. Le tissu en Spectra dont elle est constituée est certes moins cassant et plus souple que le traditionnel Nylon utilisé dans la plaisance, mais il est aussi plus épais et donc pas toujours facile à saisir. Consciencieusement, Luc ferle la voile avec des rabans, puis va chercher le tourmentin. Le pont, balayé par les vagues, nous interdit d'ouvrir le capot de la soute. Il faut donc atteindre le compartiment situé en avant du mât en passant par le cockpit, et sortir le tourmentin par le même chemin, après avoir enjambé les différentes cloisons de la structure.

De retour sur la plage avant, Luc crochète les mousquetons le long de l'étai, inverse les écoutes et la drisse. Nous omettons, grossière erreur, de bloquer les manœuvres en légère tension autour des winches du cockpit... En quelques secondes, la voile fluo, prise par le vent, se déploie seule le long de l'étai et se met à battre furieusement. Les violents à-coups transmis aux écoutes les emmêlent, saisissant au passage la drisse sortant du mât. Au risque de recevoir un coup d'écoute, Luc tente de terminer la manœuvre.

Sans lâcher la barre, je parviens tant bien que mal à remettre la contre-écoute en tension. J'ai rarement eu aussi peur en mer: maîtriser cette machine si véloce, qui ne demande qu'à déraper sur la gauche, est à la limite de mes capacités physiques. Cela exige une concentration sans faille, et je sais que notre survie dépend de mon aptitude à maintenir le bateau. Je n'ai pas d'autre choix que celui de tenir, car Luc aura besoin de longues minutes pour parvenir à démêler ce qui s'est transformé en une énorme boule compacte de toile et de cordages.

Le bateau ne m'accorde aucun répit et je ressens l'usure et la fatigue. La colère aussi. Cet incident n'aurait jamais dû se produire. Pour en avoir été victime à plusieurs reprises, je sais qu'il est impératif de mettre les écoutes en tension avant de hisser la voile. En solitaire, j'ai assimilé le geste comme une étape incontournable de la manœuvre. L'oublier est une erreur de débutant. Je me prépare pour la compétition la plus âpre de toute ma carrière dans la course au large, je travaille depuis plus de deux ans avec une équipe professionnelle et motivée afin de mettre au point le bateau le plus performant qu'il m'ait été donné de posséder… et je continue de commettre des fautes impardonnables !

En pleine tempête dans la transat Jacques Vabre, l'heure n'est pas à la flagellation, mais l'épisode me laissera une certaine amertume et un doute quant à ma capacité à enregistrer les leçons. Lorsque, à force de détermination et de patience, Luc parvient enfin à tout remettre en ordre, je suis assommée par le constat. Il faut pourtant avancer, relancer la machine. Le gros du coup de vent est encore devant. L'analyse, je la réserve pour plus tard.

Par son ampleur, cette tempête possède les caractéristiques de ses homologues des mers du Sud : l'intensité du vent, la longueur et la profondeur de la houle dont les crêtes déferlent en écume blanche et turquoise. C'est monumental. Infernal et superbe.

Je ne suis pas mécontente de connaître pareil déploiement d'énergie des éléments dans une traversée de l'Atlantique où je ne suis pas seule à bord. Et je retrouve les sensations paradoxales de stress et de bonheur mêlés que j'avais perçues durant le tour du monde, lorsque la nature manifestait sa toute puissance. Je redoute cette fureur de l'océan qui m'attend dans l'Indien ou le Pacifique, mais c'est aussi l'une des raisons qui m'invitent à y retourner.

Au cœur de la tempête, j'éprouve la violence que ma relation avec la mer peut revêtir. Tout le paradoxe de ce qui me pousse à courir le large est là : le spectacle de l'océan déchaîné est à la fois redoutable et magnifique. Je me sens alors une spectatrice privilégiée qui mesure son impuissance face aux éléments. Je compare souvent notre expérience de marin à celle du vulcanologue prêt à risquer sa peau pour flirter avec les flammes de la terre. Et je m'interroge. Nous n'avons pas été conçus pour vivre au sein de pareille tourmente, le corps et l'esprit sous haute tension, sans répit ni alternative. Nous franchissons là la frontière du raisonnable.

Pourtant, même si je réclame que cela cesse, je ne regrette pas de me trouver en pleine tempête. L'expérience que je quête en mer suppose le don et le risque de la beauté extrême. Avec les tempêtes, les icebergs constituent l'un des dangers de la navigation dans les mers du Sud. Je n'ai encore jamais vu ces glaçons colossaux aux lumières bleutées qui pourraient m'engloutir en un simple contact. Je les crains et je rêve pourtant d'en croiser sur ma route.

Mais il n'est point besoin de tempête pour

connaître la beauté en mer. Et j'avoue que je serais heureuse de vivre un Vendée Globe plus clément que le précédent. Car, même si ma mémoire a effacé certaines souffrances, elle garde les traces de ce que j'ai enduré.

Mon bonheur en mer se résume en un mot : harmonie. Mon bateau, bien réglé, qui passe les vagues et donne toute sa puissance sans violence est harmonie. Mon aptitude à anticiper les événements météorologiques, à mener le bateau comme il doit l'être, à bien gérer mon corps et mon esprit, est harmonie. Un lever ou un coucher de soleil, le vol planant d'un albatros, la visite joueuse d'un dauphin sont harmonie.

L'harmonie n'est pas un état permanent en mer, mais il est celui vers lequel je tends. Dans les premiers jours de navigation, mon corps retrouve ses marques, mon esprit entame sa diète, je redeviens animal. L'amarinage est plus ou moins long selon les conditions ou la préparation du couple que forment le bateau et son skipper.

Dans le Vendée Globe, qui quitte les Sables d'Olonne début novembre, la première difficulté est de sortir du golfe de Gascogne, souvent balayé en cette saison par les dépressions d'Atlantique Nord. L'entrée en matière est généralement brutale, comme ce fut le cas en 1996. Le but est alors de négocier de façon stratégique le passage du cap Finisterre et de le franchir sans casse.

Arrivent ensuite des conditions plus propices à l'harmonie. Il y a quatre ans, cette faveur m'avait été offerte durant toute la descente de l'Atlantique, jusqu'à l'entrée dans les Cinquantièmes hurlants...

Nous avions quitté les Sables d'Olonne le 3 novembre 1996. Le 18 décembre, après quarante jours de navigation, à vingt-quatre heures des îles Kerguelen, mon bateau chavirait. J'étais sur le pont, tentant d'affaler entièrement la grand-voile, quand une déferlante survint et coucha mon grand monocoque étroit jusqu'à 120 degrés. Alertée par le grondement sourd de la vague, je me suis cramponnée au mât et j'ai eu juste le temps de réaliser que je pouvais en finir là... Mais le bateau s'est aussitôt redressé. C'est alors que j'ai eu peur. J'ai constaté les dégâts. Il m'a fallu plusieurs semaines pour ranger, réparer, retrouver confiance en moi comme en ma machine. Les cartes de prévision météo noircies d'isobares resserrées m'angoissaient. Je redoutais de connaître de nouveau ces conditions extrêmes. Pourtant, je n'avais jamais vu la mer aussi belle, avec ses pentes, ses crêtes déferlantes virant au turquoise.

J'entreprends mon deuxième voyage autour du monde en solitaire avec un bateau conçu pour surfer les vagues. Je sais que je vais les appréhender différemment, maintenir une vitesse qui permettra à mon monocoque de ne pas être le jouet des déferlantes. La perspective de ces grands surfs m'effraie tout autant qu'elle m'attire, et c'est aussi pour cela que je retourne dans le Sud avec un voilier planant et puissant.

Le Vendée Globe est une course et une aventure. Lors de ma première participation, je partais vers l'inconnu : jamais je n'avais navigué dans les mers du Sud, jamais je n'avais entrepris une aussi longue route. L'aventure était celle de la découverte. Aujourd'hui, alors que j'ai l'expérience du temps et de l'espace, l'inconnu est mon engagement à bord d'un bateau performant et capable de gagner.

Un bateau à l'horizon

Te rappelles-tu, ce 23 mars 1997, la lumière de ce premier dimanche de printemps ? Je venais seulement de découvrir la Nouch Sud[4] bornant la ligne d'arrivée, masquée par les innombrables bateaux venus à ma rencontre. J'ai eu un mouvement de panique et je me suis retournée vers toi, vers ton large, au-delà du rideau de la nuée accompagnatrice qui se découpait en ombres chinoises. Je venais seulement de comprendre que le long fil tissé dans le temps et sur les océans du globe allait brutalement s'interrompre, comme cassé par cette ligne fictive entre une balise et une vedette. Pouvais-je imaginer, à peine

4. La balise du chenal d'entrée des Sables d'Olonne.

deux jours plus tôt, alors que j'avais hâte de boucler mon tour du monde, ce regret d'en finir, ce manque déjà ressenti, avant même d'arriver ? La gorge nouée, je t'ai lancé : « À bientôt, ma p'tite mer ! ».

Je me suis vue happée par la terre et les terriens. Brutale transition. Mais ta quiétude me disait : « Vas, retrouve les tiens, sois sereine. Je serai toujours là si tu as envie de repartir... »

J'ai vécu l'instant présent. Je me suis laissé porter par cette vague humaine jusqu'au fond du port des Sables d'Olonne. Mon équipe a amarré ma longue fusée rouge, le bateau qui avait été ma maison pendant cent quarante jours et que j'allais abandonner pour toujours puisqu'il retournait à son propriétaire. J'ai retrouvé des yeux qui m'ont exprimé la joie, la fierté, les angoisses. J'ai serré de nouveau dans mes bras des corps qui m'ont dit l'amitié et l'amour.

La vague m'a portée pendant plusieurs jours, plusieurs semaines peut-être. J'ai vécu dans le bonheur de l'accomplissement, des émotions désormais partagées, dans l'insouciance et la confiance du lendemain.

À tous, je ne cessais de répéter : « Plus

jamais ! » Plus jamais je ne retournerai seule dans le Sud. L'être humain n'a pas été conçu pour naviguer dans ces contrées, encore moins pour y survivre seul. Mon âme et mon corps étaient marqués par quatre mois et demi de mouvement, de stress, d'angoisse, de violence, mais aussi de beauté et de plaisir. Ma tête était pleine de mer, de couleurs, de ciels, de nuages, de vents, d'albatros, de dauphins, de chaleur, d'humidité, de sel, de terres lointaines entraperçues... À la simple évocation du passage du cap Horn ou de mon arrivée aux Sables jaillissait en moi un raz-de-marée d'émotions. C'est d'ailleurs encore le cas aujourd'hui, trois ans après.

Mais très vite, la mémoire a fait la part du mauvais et du bon. Le temps a accompli son œuvre d'érosion et d'analyse : peu à peu, j'ai oublié la douleur pour ne conserver que le bonheur. De l'expérience vécue, j'ai progressivement découvert la richesse des dons.

Lorsque, le 12 mai 1997, nous nous réunissons à Paris avec Anne Combier et Frédéric Léonard, la cicatrisation est en cours. Au fond de moi renaît déjà le goût de retourner seule dans le Sud. Mais dans le cadre d'une course avec escales. Pendant une matinée, paper-board à l'appui, j'énonce à mes deux compères mes aspirations dans la vie et dans la voile, et je leur fais part de mes premières conclusions quant aux chemins que je souhaite emprunter pour les concrétiser.

J'apprécie ces séances de travail où nous nous retrouvons tous les trois. Anne était navigatrice hauturière et régatière. Nous nous connaissons depuis dix ans. Ensemble, nous avons imaginé un projet d'équipage féminin pour la Whitbread, la course autour du monde en équipage. C'est à cette occasion que nous avons connu Frédéric et l'agence Hickory, une entreprise de communication spécialisée dans le domaine des sciences de la nature. Ce projet, Challenge Océanes, n'a pas abouti, mais il nous a appris à nous connaître, à bâtir une structure, à cerner nos domaines de compétence, à travailler ensemble. Anne, qui depuis développe le management de sportifs au sein d'Hickory, résume souvent notre association par cette formule lapidaire : « Tu fonces, on balise derrière ! ».

Nous allons construire le projet du nouveau tour du monde à trois, avant que l'équipe ne s'étoffe. Mes aspirations en sont la source et le moteur, mais il n'aurait pas atteint son ampleur sans la subtile combinaison de nos aptitudes complémentaires, de nos valeurs partagées et de notre amitié.

À Anne et à Frédéric, j'exprime mes désirs : ils sont nourris de mer, de large, de solitaire comme d'équipage, de courses comme de croisières, d'amour, de construction à deux, d'enfants... Depuis quelques années déjà, une idée me poursuit, qui ne concerne plus la compétition, mais qui relève de la navigation de découverte. Je rêve en effet d'une aventure d'équipe partagée en direct avec les terriens grâce aux moyens de communication par satellite.

Incapable de me prononcer sur l'opportunité et la maturité de cette idée qui me tient tant à cœur, je formule la question autrement : suis-je prête à abandonner la compétition pour m'y consacrer ? Or là, je n'ai pas la moindre hésitation : je ne suis pas allée au bout de mon histoire avec la course au large. Depuis que les courses à la voile sont devenues prioritaires dans ma vie, il y a six ans, je n'ai monté que des opérations "commando". J'ai pu naviguer parce que j'acceptais de me lancer, sans m'être véritablement entraînée, à bord de bateaux préparés à la hâte, grâce à de petits budgets décrochés à l'heure où d'autres avaient déjà rangé leurs rêves dans les tiroirs.

Si l'essentiel était de naviguer, l'esprit de compétition m'animait pourtant. Par naïveté ou excès d'optimisme au regard de mon expérience et de mes compétences, je croyais en mes chances de résultat. Je n'avais pas complètement tort, puisque j'ai pu accéder à quelques podiums, notamment durant ma deuxième année de course à bord de monocoques de 6,50 mètres. En 1992, j'ai même obtenu le prix des Espoirs de la course au large pour les places décrochées au cours de la saison. Cette année-là, j'avais découvert le luxe de disposer d'un peu de temps pour me préparer. J'avais loué un bon bateau et trouvé un budget modeste pour l'équiper (il n'était même pas question de me rémunérer, je couvrais juste mes frais).

On a souvent présenté – à raison – mon premier engagement dans le Vendée Globe comme un désir de voyage initiatique, mais j'avais aussi l'ambition d'obtenir le meilleur résultat possible.

Lorsque j'exprime mes projets à mes amis en mai 1997, mon souhait premier est de m'engager dans la prochaine édition d'Around Alone, le tour du monde en solitaire avec escales. Les marins qui ont disputé cette course l'évoquent avec nostalgie : sur le plan sportif, l'intérêt est relancé au départ de chaque étape, et aux escales (États-Unis, Afrique du Sud, Nouvelle-Zélande, Uruguay) les concurrents ont le temps de se connaître et de découvrir les pays hôtes. Isabelle Autissier, qui sait mon appréhension de retourner seule dans les mers du Sud, m'a rassurée : « Sur le Vendée Globe, tu as dû avaler le Sud d'un seul trait. Sur Around Alone, on peut souffler aux escales. »

Avec Anne et Frédéric, nous creusons cette hypothèse, de même que celle d'une participation à la prochaine Route du Rhum. Cette transat correspond aux objectifs de communication de Whirlpool, notre partenaire, auquel nous allons proposer plusieurs orientations possibles. La voie la plus logique, tout en étant fidèle à mes envies à moyen terme, est de poursuivre la compétition à bord d'un monocoque de 60 pieds, une classe de bateaux conçus pour les tours du monde en solitaire, mais qui peuvent également s'aligner au départ de courses transatlantiques.

À ce moment-là, nous songeons à la location ou au rachat d'un bateau que nous transformerions et perfectionnerions, même si Anne et Frédéric ont déjà évoqué l'idée de la construction d'un bateau neuf lors d'une réunion chez Whirlpool, peu après mon retour du Vendée Globe. L'idée avait alors été écartée par le directeur de la communication du fabricant d'électroménager, Jean-Louis Raynaud, mais elle avait déposé en nous, comme en lui, une graine qui germera quelques semaines plus tard...

La séance de travail avec Anne et Frédéric m'éclaire sur ce que mon cœur me soufflait : j'ai envie d'une nouvelle course en solitaire dans les mers du Sud. La décision que je prends alors est autant intuitive que rationnelle. Il n'est question ni de Vendée Globe, ni de nouveau bateau. Il est étrange de voir comment naissent les projets...

Deux jours plus tard, je me retrouve en Guadeloupe en compagnie de Jean-Louis Raynaud, invitée par Whirlpool à intervenir devant des revendeurs d'électroménager. Après la diffusion du film de mes « 140 jours autour du monde », je répondrai aux questions et tenterai de faire partager mon expérience. Mais en attendant notre intervention, et pour nous délasser après les longues heures de vol, le directeur de la communication de Whirlpool et moi décidons d'aller nous baigner.

Dans l'avion, nous avons déjà beaucoup discuté. J'ai parlé à Jean-Louis Raynaud de mes désirs, des opportunités de bateaux à acheter, du panorama des courses à la voile dans les trois prochaines années, du projet que je souhaite que l'on bâtisse ensemble. Pour sa part, Jean-Louis Raynaud a déjà mûri les orientations de la politique de communication dite « hors média » du numéro 1 mondial de l'électroménager. Tout en nageant, il me fait part de l'intérêt de Whirlpool pour l'achat d'un bateau. Je commence alors à toucher du doigt mon rêve, comme si Jean-Louis venait d'entrouvrir une porte. Dans le même temps, je comprends que le directeur de la communication de Whirlpool souhaite aligner un bateau aux couleurs de sa marque au départ de la Route du Rhum.

La célèbre transat en solitaire entre Saint-Malo et Pointe-à-Pitre figure sur la liste des courses que j'ai l'ambition de disputer un jour.

Mais l'envie qui prédomine alors en moi est plutôt de courir Around Alone, une épreuve incompatible avec « le Rhum » puisqu'elle a lieu presque aux mêmes dates. Si nous montons un projet sur plusieurs années autour d'un bateau conçu pour le tour du monde, et si je ne peux pas participer à l'épreuve avec escales afin de disputer la Route du Rhum, cela signifie que je dois courir de nouveau le Vendée Globe ! Effectivement, il ne serait pas judicieux d'acheter un bateau de tour du monde pour n'accomplir que des transats...

Mais alors que s'esquissent ces perspectives dans les eaux chaudes de la Guadeloupe, je ne suis pas encore mûre pour envisager un autre long périple non-stop dans des conditions identiques à celles que j'ai déjà vécues. Je partage cependant le point de vue de Jean-Louis : la Route du Rhum sera à coup sûr un bon investissement pour Whirlpool. Pour l'heure, je range ce “détail” au fond de ma poche, et retiens un espoir : même s'il s'agit d'une “seconde main”, je vais disposer d'un bateau bien à moi !

Les jours suivants, nous creusons la piste du rachat d'une bonne plate-forme. Toutefois, la flotte des monocoques à vendre est limitée et un bateau d'occasion n'est pas forcément bon marché si l'on tient compte des travaux à effectuer pour remettre la machine en état et, si possible, l'améliorer.

Début juillet, nous apprenons que le voilier que nous convoitions n'est plus à vendre. Les autres propositions concernent des bateaux déjà anciens, à la structure fatiguée, et dont les performances ne pourront pas rivaliser avec la nouvelle génération de monocoques. Cela ne me convient pas : j'en ai fini de participer pour la beauté du geste, je veux des résultats, et cela suppose un outil performant.

Avec Anne et Frédéric, nous évoquons alors sérieusement l'option de la construction d'un bateau neuf. Nous l'étudions dans ses aspects financiers, au travers de la mise en place d'un relais bancaire ; dans ses conséquences juridiques, avec la création d'une société armateur ; du point de vue technique, avec une ébauche de planning de construction ; et enfin humain, car un tel projet suppose des compétences que je ne possède pas. En outre, nous analysons les avantages et les inconvénients des différentes solutions – rachat, construction –, pour le partenaire majoritaire comme pour le skipper.

Un bateau neuf m'offrirait des perspectives nouvelles. Même si mon premier 6,50 mètres, construit à La Cité des Sciences et de l'Industrie de La Villette en 1990, m'a permis de connaître l'aventure de la naissance d'un bateau, les moules de celui-ci existaient déjà. Je prends alors conscience que je n'ai jamais vécu l'expérience globale, avec un bateau issu du choix d'un architecte, puis en maîtrisant sa conception, sa construction, sa mise au point pour aboutir bien sûr à la navigation en course.

Lorsque, quelques jours plus tard, nous proposons cette autre voie à Whirlpool, nous ignorons que le contexte de l'entreprise n'est pas favorable. La proposition ne semble pas pouvoir être entendue. Pourtant, l'intérêt d'un bateau neuf et performant persiste, au moment où l'expérience de Whirlpool en matière de sponsoring comme la mienne en tant que navigatrice atteignent une certaine maturité. Jusqu'à présent, la marque a surtout exploité le parrainage sportif en communication externe. Or, Jean-Louis est décidé à développer désormais des actions de communication interne et à utiliser l'histoire du nouveau bateau pour illustrer cette stratégie. Nous travaillons alors à identifier les différentes phases du projet qui serviront de support à cette politique : la construction, le baptême, le départ des courses, les courses elles-mêmes... L'objet de nos discussions concerne essentiellement le bateau, le Vendée Globe n'étant toujours pas au programme.

Fin juillet, les espoirs de convaincre Whirlpool renaissent, car le projet reçoit l'aval du président, Christian Brabant, mais aucune décision n'est prise. Compte tenu du planning fixé, il est pourtant urgent que je lance la phase technique, sans attendre l'accord officiel de mon partenaire principal. La priorité est au choix de l'architecte. Et je vais apprendre, une fois de plus, que choisir, c'est d'abord renoncer...

Choisir, c'est renoncer

Le compte à rebours a commencé. Si je veux aligner un bateau neuf au départ d'une transat ou d'un tour du monde à l'automne 1998 (Route du Rhum ou Around Alone), je dois poser les premières pierres du projet sans tarder et lancer le processus de sélection d'un architecte.

La première étape de la démarche est la rédaction d'un cahier des charges adressé timidement aux trois cabinets qui m'intéressent. Dans ce document d'une dizaine de pages, je n'exprime aucune exigence quant aux lignes du bateau, car j'en suis bien incapable. En revanche, il me paraît important de rappeler l'expérience (notamment sur monocoques de 60 pieds open) qui fonde ma réflexion, de préciser mes objectifs sportifs, et d'évoquer la "philosophie" générale du bateau de mes rêves :

« *Performances : rapide, léger, [...] polyvalent. Sécurité : fiable, stable, auto-redressable au maximum...* »

Nous, les coureurs solitaires, sommes alors encore profondément marqués par les retournements qui se sont produits lors du dernier Vendée Globe.

« *Je souhaite une carène stable, des entrées d'eau plutôt fines, un bateau qui ne pousse pas trop d'eau ; un pont qui facilite le redressement et permette l'installation de nombreux panneaux solaires. [...] A priori, plutôt une quille mobile, manuelle ou hydraulique, [...] deux safrans ainsi qu'une solution de fixation d'un safran de secours sur le tableau arrière, [...] une ou deux dérives avant...* »

J'énonce quelques précisions concernant les allures de navigation ou relatives à la manière dont je navigue : je barre très peu en solitaire, d'où mon désir d'une carène stable afin de ne pas trop solliciter les pilotes automatiques.

« *Le plan de voilure : a priori, un gréement de sloop, [...] étudier la voie du mât-aile, [...]*

une bôme pouvant être redressée et servir de gréement de fortune... »

Si mes réflexions s'étalent sur six pages, je reste évasive à propos de l'architecture globale du bateau et j'insiste plutôt sur les détails de manœuvres et d'équipement. Toutefois, je sais que le principe des bateaux "larges", ceux de la dernière génération, a fait ses preuves en matière de rapidité. Désormais, les carènes sont évasées et assez plates (elles rappellent les planches à voile). Cela permet aux monocoques de planer et de supporter des gréements très toilés, donc puissants. À l'exception du tour du monde "à l'envers", c'est-à-dire d'est en ouest, les circumnavigations s'effectuent dans le sens des vents dominants. Ceux-ci soulèvent et entretiennent une houle très creuse et très longue, qui n'est arrêtée par aucune terre sur toute la circonférence du globe. Le challenge est donc de concevoir un bateau capable de surfer sur cette longue houle, si possible sans planter l'étrave, suffisamment stable pour être confié au commandement d'un pilote automatique. C'est aussi l'une des raisons qui motivent les coureurs au large pour s'aventurer sous ces latitudes peu fréquentables.

Une telle philosophie n'est pas celle, par

exemple, du bateau conçu par le couple navigateur-architecte Jean-Luc Van den Heede et Philippe Harlé qui m'a permis de boucler le tour du monde en 1997. Jean-Luc, qui devait composer avec un budget modeste, avait parié sur la légèreté, les qualités marines de sécurité (un bateau pas trop puissant) et surtout une grande simplicité. Le bateau que je lui avais loué pouvait être mené par un pilote automatique peu consommateur d'énergie (pourtant, Jean-Luc a beaucoup barré lors des tours du monde qu'il a effectués à bord de ses bateaux étroits ; le titre de son livre est d'ailleurs *À la force du poignet* !). Les instruments de navigation étaient réduits au strict minimum et les voiles restaient "légères" à manœuvrer. Ces caractéristiques, qui aujourd'hui peuvent paraître dépassées, n'ont pas empêché Jean-Luc Van den Heede de courir la deuxième édition du Vendée Globe dans le temps record de 116 jours – là où il m'a fallu 140 jours... – et de monter sur la deuxième marche du podium. Bien sûr, nous n'avons pas bénéficié des mêmes conditions météo en 1996-1997 et les dépressions, plus nord qu'à l'accoutumée, nous ont contraints à rallonger notre route jusqu'à des latitudes plus septentrionales. Mais la performance du "grand barbu" force mon admiration, et sa longue fusée rouge a été pour moi la machine idéale pour une première circumnavigation solitaire.

Néanmoins, alors que je m'apprête à repartir seule autour du monde, je désire une monture plus performante, dans la mesure où je vais avoir le temps de l'apprivoiser et de la mettre au point.

Mon cahier des charges rédigé et déjà envoyé à trois architectes, j'appelle Lionel Lemonchois. Coureur au large, mais également constructeur de voiliers en matériaux composites, Lionel a collaboré à la préparation de nombreuses unités de course, notamment les monocoques de Halvard Mabire et d'Isabelle Autissier, de même que les bateaux de deuxième main sur lesquels je navigue depuis 1996. Son expérience est immense.

Lionel est un Normand plein de bon sens, capable d'imaginer le comportement d'un plan de pont en navigation dès sa conception sur la planche à dessin de l'architecte. Perfectionniste, il est malheureux s'il ne peut améliorer les détails. Il a le sens du travail bien fait.

Des Stradivarius comme lui sont rares et recherchés. Travailler à leurs côtés, vivre avec eux la conception, la construction et la mise au point d'un bateau est un privilège. L'emploi du carbone, du Kevlar, du nid d'abeille, de la mousse, ou encore de la résine, est très complexe. Or, des marins-constructeurs comme Lionel Lemonchois l'ont élevé au rang d'art.

Lionel a construit lui-même deux monocoques de 6,50 mètres en carbone avec lesquels il a disputé plusieurs éditions de la Mini-Transat. Je compte ces deux réalisations parmi les plus belles naviguant à travers le monde.

Avec Lionel, je partage le goût du large et, je crois, celui du beau. Incapable de fabriquer quoi que ce soit de mes mains, j'admire d'autant plus les créations nées du talent d'autrui. L'expérience de nos collaborations antérieures ne me laisse aucun doute : c'est avec lui que j'ai envie de mener le projet technique de mon futur bateau. Et je tiens à l'associer à l'entreprise dès le début, dès le choix de l'architecte.

« Tu as déjà envoyé ton cahier des charges !, regrette Lionel. C'est dommage, j'aurais voulu te présenter Marc Lombard…

– C'est amusant que tu me parles de lui, car j'ai hésité à le contacter. Finalement, j'ai limité ma sélection à trois cabinets plutôt que de solliciter tous les architectes susceptibles de répondre. Mais il n'est pas trop tard. Je ne connais pas Lombard, pourtant je cite en référence l'esthétique du mini-transat qu'il avait dessiné pour toi. Je veux bien le consulter. »

Lionel n'a pas été surpris par mon appel. Il avait même anticipé celui-ci puisqu'il avait l'idée d'une rencontre avec Marc Lombard. En acceptant d'élargir ma prospection, je lui demande toutefois de m'assurer que ses relations d'amitié avec l'architecte n'influenceront pas notre choix. Mais j'ai confiance en son objectivité et je sais que je peux compter sur lui pour m'éclairer dans ma réflexion.

Un mois et demi plus tard, nous recevons un par un les architectes à Paris dans les bureaux d'Hickory. C'est la première étape concrète du projet naissant. Le rêve va prendre forme en attendant de prendre corps. Autour de la table, lors de chaque entretien, nous sommes plusieurs à écouter chaque architecte développer ses arguments, révéler quelques traits de son caractère et traduire sa plus ou moins grande motivation.

Ces rencontres sont passionnantes à plus d'un titre. La conception des bateaux met en œuvre une infinité de paramètres : la coque évolue dans un fluide, l'eau, dont les mouvements varient sans cesse, et qui n'est pas encore modélisable, tandis que le gréement – mât et voiles –, véritable moteur du bateau, est le jouet d'un autre fluide, l'air. Les solutions envisagées pour obtenir un bateau rapide, léger, solide, à peu près habitable, et respectant le règlement de la course, sont multiples et expriment la philosophie de chaque architecte, mélange de théorie, d'études, d'expérience, de feeling, sans jamais perdre de vue le marin aux commandes de la machine inventée.

Toujours curieuse d'apprendre et de mieux comprendre, je goûte à ces leçons d'architecture navale avec délectation. Dans le même temps, je réalise que le choix de l'architecte ne dépendra pas uniquement d'un principe de construction qui nous aura convaincus. Au fil de mes entreprises, j'ai déjà pu constater – parfois a posteriori – que la dimension humaine avait souvent été un argument majeur pour la sélection d'un membre de l'équipe. Quel que soit le talent, j'ai pu vérifier que les qualités humaines, l'intelligence de cœur, la passion, la créativité, l'autonomie, la responsabilité, le partage de valeurs communes, étaient autant d'éléments décisifs, parce qu'ils cimentent l'esprit d'une équipe et nourrissent l'énergie qu'elle développe pour la réalisation d'un objectif commun.

Je ne connaissais pas personnellement Marc Lombard. J'avais entendu dire qu'il avait mauvais caractère, mais Lionel m'avait prévenue que sa rapidité à s'emporter révélait surtout un tempérament passionné. Au matin de l'entrevue, je sentais Lionel dans ses petits souliers, inquiet de l'effet qu'allait produire son ami qui n'avait pas dessiné de monocoques de 60 pieds depuis le *Crédit Agricole* de Philippe Jeantot.

Quand Marc Lombard est arrivé, j'ai tout de suite compris qu'il ignorait l'usage du peigne ou de tout instrument destiné à discipliner le cheveu hérissé. L'absence du directeur de la communication de Whirlpool ce jour-là n'était peut-être pas un mal... Sans m'arrêter à ce détail – qui me vaudrait un jour de lui offrir un peigne jaune supposé être en or –, j'ai écouté son exposé avec grand intérêt, comme le reste de l'équipe d'ailleurs, car il nous a été donné d'assister à un véritable cours d'aérodynamique et d'hydrodynamique.

Les options de Marc concernant les appendices (quille, safrans, dérives), la structure intérieure (aux traditionnelles cloisons transversales sont jointes des cloisons longitudinales pour solidifier l'ensemble coque et pont), ou encore le gréement (les performances d'un mât classique et d'un mât-aile ne pourront être comparées qu'après étude en soufflerie) m'ont paru souvent découler du bon sens. Derrière les mots, j'ai perçu la créativité, la passion et une motivation extrême. Par ailleurs, et c'était important à mes yeux, le bateau présenté en simulation sur ordinateur affichait une belle esthétique. Sa silhouette me paraissait harmonieuse, même si j'ai d'abord été impressionnée par le rouf énorme à laquelle la dernière génération de bateaux – à pont plat – ne nous avait pas habitués. Un pont si arrondi et si volumineux devait conférer à la plate-forme une bonne propension à se redresser en cas de chavirement. Certains éléments de mon cahier des charges étaient respectés. D'autres allaient être l'objet d'études plus approfondies, d'autres encore avaient été écartés car ils n'étaient pas intéressants ou peu réalistes.

À l'issue de notre entretien avec Marc Lombard, je me sentais comme à la sortie du cinéma, l'esprit encore immergé dans un scénario dans lequel je serais peut-être impliquée un jour. De toute évidence, cet homme avait parlé avec ses tripes, il avait avancé des arguments convaincants en réponse à nos questions et surtout il avait réellement écouté celles-ci. J'étais séduite par ce que je comprenais de la philosophie qu'il défendait, mais comme souvent, je ressentais les choses plus que je n'étais capable de les analyser.

Je l'ai constaté à maintes reprises et j'accepte ce fonctionnement : mon instinct, mes sens perçoivent les êtres, les situations, les éléments, avant que mon esprit ne soit capable d'exprimer l'impression captée. Aujourd'hui, et de plus en plus, j'écoute cette intuition, car il me semble qu'elle m'aide à mieux pénétrer dans la réalité d'autrui ou du monde qui m'entoure.

C'est ainsi que j'ai d'abord été convaincue par le bonhomme Lombard, ses idées, ses jugements, sans me soucier de sa réputation. Dans les semaines et les mois qui ont suivi, l'impression première s'est confirmée et l'intuition s'est traduite en mots.

Dire oui à un architecte, c'est un peu élire un père pour son voilier. J'aurais apprécié de la même façon de travailler avec d'autres, tant il est vrai que l'échange d'idées pour la conception d'un beau bateau rapide, destiné à arpenter les grandes collines liquides du globe en solitaire, est enrichissant. Mais choisir un architecte, c'est avant tout, pour moi, accepter une idée, des moyens et des méthodes d'application, c'est choisir de travailler avec une équipe, pendant la conception, mais aussi pendant la construction et la vie du bateau. En toute honnêteté, même si d'autres propositions m'ont intéressée, je n'ai pas vraiment hésité. Tout autant que l'idée, c'est l'individu que j'ai choisi.

J'avais fixé une date à laquelle je devais communiquer ma réponse aux équipes consultées, et puis est venu le mariage de Luky…

Luc Bartissol est un autre Stradivarius de la voile, un préparateur émérite, rencontré, comme Lionel Lemonchois, pendant la Mini-Transat 1991. À l'instar de Lionel, Luc avait construit lui-même le petit monocoque sur lequel il traversait l'Atlantique en solitaire. Comme Lionel encore, Luc a développé des compétences de coureur au large, de constructeur, de préparateur et, plus récemment, d'expert ès ordinateurs et communication embarqués. Et comme Lionel, Luky a été l'équipier d'Isabelle Autissier pour ses deux tentatives de record entre New York et San Francisco.

Le 21 septembre 1997, Luc épouse donc Mary et réunit ses amis chez lui, dans les environs de Quimper. Nombre de convives ont assisté à Brest au départ de la Mini-Transat, avant de rejoindre les rives de l'Odet pour célébrer les mariés.

Marc Lombard est présent. Je ne l'ai pas revu depuis sa présentation à Paris, mais ma décision est prise. Ma réponse doit être transmise à tous à la date définie… pourtant je ne peux me retenir: j'annonce à Marc que c'est lui qui dessinera mon monocoque. Je ne sais pas lequel de nous deux est le plus heureux. Marc attend depuis longtemps d'exprimer à nouveau son talent. Ce bateau va le relancer dans la conception d'unités de course alors que, depuis quelque temps, le cabinet Lombard était surtout réputé pour les appendices qu'il dessinait, notamment pour son travail sur le trimaran *Fujicolor* de Loïck Peyron, et pour ses unités de croisière. De mon côté, cette annonce officieuse et privée représente un instant important dans la nouvelle histoire que j'écris. J'apprécie le hasard qui une nouvelle fois nous a conduits l'un vers l'autre et la manière peu commune par laquelle nous scellons symboliquement le début de notre collaboration : en dansant un rock endiablé !

Est-ce un autre hasard ? Un an plus tard, Luky rejoindra notre équipe, puis deviendra le responsable technique du bateau. Mais nous n'en sommes pas encore là, après le papa, il faut trouver la maternité...

Les chantiers de construction de voiliers de compétition en matériaux composites ne sont pas nombreux en France, pas plus qu'à l'étranger d'ailleurs. Pourtant, la course au large est de plus en plus cotée dans les études de marketing et, les sponsors se multipliant, il se trouve de plus en plus de bateaux à construire. La voile est en plein essor, à tel point que, deux ans après le début de la construction de mon bateau, pendant l'hiver 1999-2000, les chantiers débordent de commandes. Heureusement, à l'automne 1997, nous pouvons compter sur une main-d'œuvre compétente et disponible.

Le choix d'un chantier n'est pas très éloigné du processus de sélection d'un architecte : présélection, cahier des charges, rencontres, visites et demandes de devis. En revanche, étant donné l'importance du budget, et selon le montage financier, les éléments de décision relèvent du compromis et de la négociation. Il ne suffit pas de pousser la porte d'un chantier à la bonne réputation avec un chèque à la main, et de dire : « Bonjour monsieur, construis-moi un bateau. Je reviens dans six mois pour la livraison ! »

Je vais apprendre que, avant d'esquisser le premier geste de la construction, il est indispensable de mener plusieurs dossiers en parallèle. Puis le déroulement des opérations varie selon la nature de l'association entre le coureur et ses sponsors.

À l'automne 1997, construire un monocoque de 60 pieds open coûte entre 7 et 9 millions de francs selon les matériaux (fibre de carbone et nid d'abeille) et la mise en œuvre (pré-imprégné) employés. D'autres méthodes, moins onéreuses, peuvent être retenues, mais la voie que nous avons choisie offre le meilleur compromis entre solidité et légèreté.

Maître d'œuvre spécialisé dans la construction de bateaux en matériaux composites, Nordahl Mabire nous propose immédiatement une rencontre en compagnie de notre sponsor. Il travaille alors à la restauration de la piscine du Cirque d'Hiver, dans laquelle la nageuse Murielle Hermine s'apprête à donner son prochain spectacle. Nordahl agit pour le compte du chantier Mag dont je connais la réputation et que j'avais visité avant le départ du Vendée Globe. Implanté à Fontenay-le-Comte, en Vendée, Mag France dispose d'un grand four, nécessaire à la construction en pré-imprégné. Plusieurs monocoques de la Whitbread (la course autour du monde en équipage) sont sortis du four de Mag (*Charles Jourdan*, *La Poste*, *Merit*), tout comme les class America *France II* et *France III*. Leurs moules continuent d'ailleurs de naviguer dans les hautes herbes de la campagne autour du chantier.

En marge de la construction navale ou nautique en composites et en aluminium (Mag conçoit en effet des unités en aluminium pour la pêche, le transport de passagers, ou des navires à vision sous-marine, comme les *Aquaspaces* dessinés par Jacques Rougerie), Mag intervient sur des opérations variées telles que la réalisation du podium d'arrivée des étapes du Tour de France cycliste, ou des grands panneaux publicitaires en aluminium pour l'Aéroport de Paris.

Maîtrisant aussi bien le marketing et le relationnel que la mise en œuvre du composite, Nordahl Mabire, en organisant cette rencontre, pose les jalons d'une épopée dont la partie administrative va s'avérer bien plus périlleuse que je ne l'avais imaginée.

Compte tenu de l'importance des devis, nous devons avoir recours à un relais bancaire. Par ailleurs, construire des bateaux n'est pas le métier de notre partenaire Whirlpool, et il va falloir créer une structure indépendante. Durant les trois mois d'hiver, nous créons donc une société d'armement, nous prospectons et sélectionnons une banque ainsi qu'un assureur, et nous échafaudons un partenariat croisé avec notre deuxième partenaire, Europe 2, tout en poursuivant la recherche de sponsors complémentaires. Il nous faut également travailler les contrats avec les avocats, élaborer l'acte de caution de notre sponsor auprès de la banque, et négocier bien évidemment les conditions avec tout le monde… Nous perdons au passage du temps et de l'énergie avec un armateur privé qui se dit intéressé par l'achat de parts dans le bateau. Rencontré sur son yacht à Monaco, l'individu vient à Paris approfondir le projet. Nous creusons cette piste avec les avocats, mais le monsieur, brutalement injoignable, ne redonnera plus jamais signe de vie…

Nous ne sommes pas trop de trois pour mener tous ces chantiers simultanément. Sans Anne et Frédéric, j'aurais eu toutes les peines du monde à voir aboutir cette démarche complexe, beaucoup plus lente que je ne l'imaginais, et que n'aurait pu d'ailleurs endurer ma patience. D'autant que je dois, dans le même temps, avancer sur le front technique.

L'architecte sélectionné, commencent les premières cogitations sur la planche à dessin au début du mois d'octobre 1997. Les séances de travail se déroulent sur la grande table du cabinet Lombard, situé dans un bâtiment du port de plaisance des Minimes, à La Rochelle, qui bénéficie d'une vue agréable sur le chenal de sortie du port. Perchés sur des tabourets, laissant notre imagination glisser sur les tracés en deux dimensions sortis de l'ordinateur, Marc, Lionel et moi dissertons des heures sur la hauteur du franc-bord ou l'emplacement d'un bloqueur. Le plan déjà très abouti présenté par Marc nous sert de base, et nous affinons les détails de pont, d'habitabilité, de carène, d'appendices... Marc dessine ainsi huit carènes, testées en simulation sur les ordinateurs du CRAIN (Centre de recherche en architecture et ingénierie navale) afin d'analyser le passage de ces formes successives dans l'eau. Puis il les confronte à un autre programme informatique qui simule un tour du monde, afin de déterminer les plus rapides.

Ces séances sont très denses, parfois animées lorsque chacun s'obstine à camper sur ses positions. À d'autres moments, l'intrusion timide de l'un ou l'autre des acolytes de Marc Lombard, Éric ou Lucien, est déterminante.

Parallèlement à la définition des formes, nous devions décider de l'équipement du bateau, afin de passer commande mais aussi dans la mesure où certaines options avaient des incidences sur le dessin lui-même. Là encore, il ne suffit pas d'acheter le premier taquet chez le fabricant du bout de la rue. Avec Lionel, nous avons concentré très tôt notre énergie à dresser la liste des fabricants, demander des devis, comparer matériels, prix et poids, négocier, solliciter des adaptations spécifiques à notre bateau… Cette tâche, nous devions la boucler avant le 15 décembre, date à laquelle Lionel allait rejoindre Isabelle Autissier pour disputer la Route de l'Or reliant New York à San Francisco.

Ce n'était pas la première fois que je connaissais un rythme de vie pour le moins soutenu, mais la passion avec laquelle j'accueillais tous ces événements, la hauteur des engagements, la variété des domaines d'action, la contrainte permanente de sollicitations étrangères à mon projet essentiel, la concentration que l'ensemble exigeait… tout cela était trop intense, tout allait trop loin. Cela peut paraître absurde, mais, alors que tout me souriait et que j'étais en passe de réaliser l'un de mes plus beaux rêves, j'ai fini par craquer… le jour de mon anniversaire.

Bonheur et lassitude

Ce soir, c'est mon anniversaire. Pour fêter mes 35 ans, mes parents ont invité chez eux mes amis les plus proches, ceux qu'ils avaient déjà réunis l'année dernière, pour la même circonstance. La soirée avait été plutôt gaie, et curieuse, puisqu'ils trinquaient au nom d'une absente. Je me situais alors quelque part dans l'Atlantique Sud, partie depuis près d'un mois accomplir mon premier tour du monde sans escale. Je me souviens de cette nuit étoilée où, écoutant le *Requiem de Mozart*, je balayais le ciel de mes jumelles à la recherche de la Croix du Sud que je ne parvenais pas à repérer. Entre deux observations, nous avions dialogué par fax, tenté une communication inaudible par radio. De l'émotion était toutefois passée à travers les ondes et les satellites, sans pour autant que je me languisse de l'affection des miens à terre ou ne m'inquiète de mon isolement au milieu de l'océan. J'étais heureuse pour eux, pour moi, amusée d'être l'objet de leurs réjouissances. Mais je sentais les liens avec la terre et les terriens se desserrer lentement.

Ce 29 novembre 1997, je devrais me réjouir d'être de la fête. Mes parents, qui savent si bien offrir leur table comme leur cœur, veulent me faire plaisir. La démarche est généreuse et je l'ai volontiers acceptée, d'autant que, depuis mon retour, je n'ai pas beaucoup fréquenté ces amis qui me sont chers.

Ils ne vont pas tarder et pourtant je suis en larmes. Impossible de réprimer les sanglots qui m'ébranlent et me défigurent. Mon frère aîné et ma sœur tentent de comprendre et de me consoler, mais je suis moi-même troublée par mon désarroi.

Je ne cesse de pleurer, c'est trop bête. La perspective de les revoir tous en même temps ne me procure aucun plaisir. Au contraire, elle m'angoisse. En petit comité, je pourrais expliquer cette lassitude qui m'habite, m'abandonner à mon émotion, reprendre mon souffle et retrouver mes amis simplement. Ils me sont suffisamment proches pour comprendre. Ils réaliseraient peut-être que tous ces bonheurs qu'ils observent dans ma vie, le nouveau bateau, le livre, la reconnaissance qui m'ouvre des portes, ont un prix parfois cher à payer.

Depuis mon retour du Vendée Globe, il y a huit mois, je n'ai pas eu le temps de souffler, de me déconnecter de l'histoire passée – le tour du monde – ni de celle à venir – un nouveau bateau pour un autre tour. Tout s'est enchaîné sans trêve : les médias, les conférences-débats, les baptêmes de bateaux, les écoles... autant d'engagements auxquels je ne pouvais renoncer, par politesse, ou tout simplement parce qu'il fallait bien que je gagne ma vie. Et puis est intervenue l'écriture de mon livre, *Possibles Rêves*. À force de raconter mon aventure, j'en étais arrivée à ne plus savoir si j'étais fidèle à mes souvenirs, à avoir l'impression de trahir mes émotions. Je devais donc de toute urgence en laisser une trace intacte. Écrire était devenu essentiel à mes yeux, vital.

Enfin, il me fallait bien sûr travailler au

nouveau projet, lui donner forme sans tarder, si je voulais être prête pour les courses à venir.

Après cent quarante jours de mer, où je n'avais finalement pas quitté mon "logis", j'ai sillonné la France et l'Europe sans interruption pendant près de neuf mois. Un des paradoxes qui me caractérisent sans doute est d'aimer ce nomadisme et d'en souffrir à la fois. Tous ces déplacements ont été synonymes de rencontres, d'échanges, de partage. L'aventure que je viens de vivre m'a offert l'opportunité d'exprimer mes valeurs, de les illustrer sans démonstration. Pour moi qui ai toujours aimé témoigner, pousser des portes entrouvertes, donner des éclairages nouveaux, inciter à réaliser ses rêves, ces rencontres, durant lesquelles j'ai souvent réussi à instaurer un dialogue plutôt que de parler uniquement de moi, ont été extraordinairement riches. Non seulement je n'y ai jamais renoncé, mais j'ai le sentiment d'avoir donné beaucoup de moi-même, et je ne les regrette pas.

Seulement, j'ai fini par ressentir l'impression étrange de ne plus m'appartenir. Je suis lasse de voyager, de préparer mon sac quatre fois par semaine, de fréquenter les gares et les aéroports plus que mes amis, lasse des reproches à

© Bertrand Laforêt/Arenok

23 mars 1997, je viens de boucler mon tour du monde.
Tout à la joie d'avoir touché au but, je pense alors que plus jamais je ne retournerai dans les mers du Sud en solitaire…

© Virginie Pelagalli

Bonheur de l'accomplissement. Après 140 jours de mer, je laisse exploser ma joie.

© Gilles de la Cuvellerie

© Gilles de la Cuvellerie

Dans le four de Mag à Fontenay-le-Comte, où est cuite sous vide la coque en matériaux composites, les tissus de Kevlar sont posés sur la "peau" extérieure, entre des épaisseurs de carbone. Le Kevlar protège la coque des impacts.

Le moule de la coque arrive au chantier Mag en mars 1998. Pour le transport entre Lunel et Fontenay-le-Comte, le moule de coque (qui est structuré) est maintenu à l'envers et sur sa préforme dont on aperçoit l'étrave dans l'échancrure.

© Gilles de la Cuvellerie

Les cloisons transversales et longitudinales de la structure sont fixées avant la pose du pont et alors que la coque est toujours dans son moule.

© Gilles de la Cuvellerie

Dans le grand bâtiment de Mag, le pont en fibre de carbone est posé à l'envers le temps de fixer le cockpit construit séparément.

© Gilles Martin-Raget

Les concepteurs et constructeurs de *Whirlpool – Europe 2*, lors de la première mise à l'eau du bateau, le 24 août 1998. À mes côtés de gauche à droite : Marc Lombard (architecte), Nordahl Mabire (maître d'œuvre du chantier Mag), Lionel Lemonchois (premier responsable technique du bateau).

© Gilles Martin-Raget

Avant la première mise à l'eau, le 24 août 1998. Les appendices (quille et safrans) sont peints en fluo afin d'être plus faciles à repérer par les secours en cas de retournement.

© Gilles de la Cuvellerie

© Gilles de la Cuvellerie

© Gilles de la Cuvellerie

© Gilles de la Cuvellerie

Retournement à 180 degrés : un test que les coureurs ont rendu obligatoire afin de vérifier qu'une fois à l'envers, le bateau se redresse facilement. Restée à l'intérieur avec mon préparateur, Patrick Jullien, j'ai incliné la quille de 20 degrés afin d'aider le bateau à revenir à l'endroit sur l'eau plate du bassin. Ce test a contribué à dédramatiser à mes yeux un possible chavirage dans les mers du Sud.

© Gilles Martin-Raget

© Gilles Martin-Raget

© Gilles Martin-Raget

Remise à l'eau et mâtage du bateau. Un événement qui clôt une période de chantier et signifie le retour à la mer et à la navigation. Autant dire que toute l'équipe apprécie.

Le bout-dehors, un poste d'observation que j'affectionne pour regarder évoluer mon joli bateau ou suivre les dauphins qui s'amusent avec l'étrave.
Interdit au-delà de 15 nœuds de vent.
On aperçoit aussi la décoration de Jean-Baptiste Epron :
des albatros stylisés, qui seront mes compagnons dans les mers du Sud.

© Gilles Martin-Raget

Une sortie d'étalonnage et de mise au point en équipage, toujours nécessaire après une remise à l'eau du bateau. L'occasion d'embarquer tel ou tel fournisseur pour vérifier *in situ* le bon fonctionnement des équipements.

© Gilles Martin-Raget

Rangement
des bouts
dans le cockpit,
indispensable après
une manœuvre.
Sur le rouf, on aperçoit
les panneaux solaires
qui alimentent
en partie les batteries.

© Gilles Martin-Raget

Équipé de six winches (cinq dans le cockpit et un sur le mât), *Whirlpool* est un bateau physique. Pour le Vendée Globe, j'ai fait installer un moulin à café qui permet de mieux démultiplier les efforts.

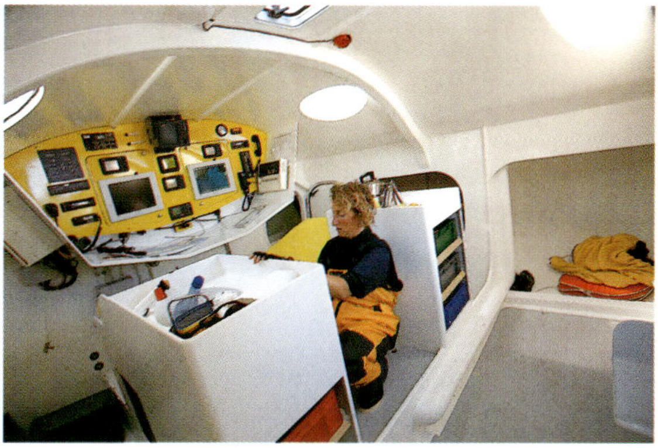

Je démarre le moteur (29 CV) situé sous la banquette de navigation et dont les commandes de mise en route et la manette des gaz sont fixées sur la cloison du meuble de cuisine bâbord.
Le moteur peut être embrayé pour les manœuvres portuaires, mais il est plombé en course et sert alors exclusivement pour la recharge des batteries.

Centre névralgique de *Whirlpool*, la table à cartes est équipée de deux gros ordinateurs conçus sur mesure, d'une centrale électronique pour suivre les performances du bateau et l'évolution du vent, un baromètre, un radar…
Je dispose également d'un logiciel qui me permettra d'envoyer des photos ou des images vidéo pendant le Vendée Globe.

Petit brief météo avec Jean-Yves Bernot, routeur sur la Route du Rhum.
Le routage était interdit sur la transat Anglaise et le sera aussi pendant le Vendée Globe.
Cela n'empêche pas de travailler avec son expert météo durant les jours précédant le départ.

Whirlpool – Europe 2 sous solent et grand-voile arrisée à un ris.

Dans le bassin Vauban
à Saint-Malo avant
le départ de
la Route du Rhum.

Route du Rhum 1998,
entre la pointe du
Grouin et le cap Fréhel,
Aquitaine Innovations est
en tête. Je le doublerai
juste après le cap,
prendrai la tête
pendant une semaine,
mais serai finalement
victime d'un démâtage.
La victoire reviendra
à Thomas Coville.

© Gilles Martin-Raget

Whirlpool – Europe 2 au départ de la Route du Rhum, sous grand-voile arrisée, trinquette Titeuf, et bientôt sous solent que je déroule depuis le cockpit.

DR

DR

Au PC presse
à Pointe-à-Pitre,
Anne Combier vient
d'expliquer aux journalistes
que *Whirlpool-Europe 2*
a démâté alors que je
me trouvais en position
de remporter la Route du Rhum.

© Thierry Martinez

Un équipage de choc à bord de *Whirlpool – Europe 2* au départ de la première étape de la course de l'Europe 1999 entre Gênes et Benalmadena : à mes côtés, Luc Bartissol, Isabelle Autissier (à la navigation), Roland Jourdain (à la barre), Jean-Baptiste Epron (aux réglages et à la bonne humeur).

© Thierry Martinez

J'apprécie de naviguer avec Isabelle Autissier qui partage volontiers sa grande expérience des monocoques de 60 pieds open et de l'analyse météo en course.

Whirlpool, en contre-jour, porte le numéro 92 du département des Hauts-de-Seine dont je suis originaire et qui nous a aidés à lancer nos projets pédagogiques.

© Gilles Martin-Raget

Pas très à l'aise lorsqu'il me faut grimper
dans le mât, j'ai fait coudre des sangles
le long du guindant de la grand-voile
et je suis équipée d'un système de poignées
et de pédales autobloquantes.

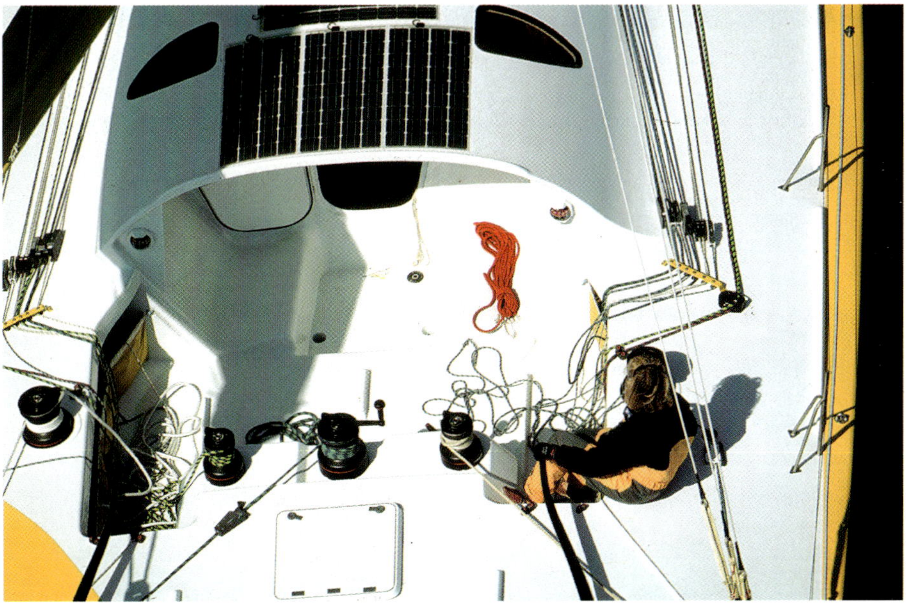

© Gilles Martin-Raget

Le cockpit de Whirlpool est vaste et fonctionnel.

Comme un cavalier qui caresserait le nez de son cheval, j'aime venir à l'étrave de ce bateau qui est mon compagnon et ma fierté. Mais pendant le Vendée Globe, les conditions météo peuvent m'interdir l'accès pendant des semaines.

peine dissimulés que ceux-ci m'adressent parce qu'ils revendiquent de m'avoir connue « avant ».

Je sais que je suis la même que celle qu'ils fréquentaient avant le Vendée Globe. Mon esprit et mon cœur ont seulement été pétris plus en profondeur par les beautés et les souffrances de mon expérience extrême. Je n'ai pas changé, seulement vieilli. J'aime le mot « vieillir », il ne me gêne pas, et je le préfère à « mûrir » qui suppose une appréciation qualitative. Je ne sais pas si je vieillis bien ou mal, mais j'aime sentir les contours de mon être se dessiner de manière plus précise avec le temps. Il me semble que, vieillissant, je me ressemble davantage. Or en mer, au large, je vieillis plus vite.

Ce qui a changé, c'est mon environnement, c'est le rapport entre l'espace et le temps. Je m'étais pourtant juré de ne plus être esclave du temps. Or, depuis mon retour, j'ai plus d'espace à insérer dans le même temps : je rencontre plus de monde, je suis davantage sollicitée, je dois dire non plus souvent, et cela me coûte encore – j'apprendrai plus tard. Si je reçois beaucoup, je donne aussi sans compter.

Ce qui me trouble, c'est moins l'idée de partager mon expérience que de disséquer une histoire passée. L'analyse du tour du monde, je l'ai accomplie notamment au travers de l'écriture de mes *Possibles Rêves*, et j'ai d'ailleurs eu la sensation de boucler réellement mon périple en mettant un point final à ce premier ouvrage. Je pense à ceux qui ont un jour réalisé un exploit et vivent des années – si ce n'est le restant de leurs jours – dans le témoignage et la dissection de cette aventure révolue. Pour moi, qui vis essentiellement dans le présent, les souvenirs n'ont d'attrait que parce qu'ils réveillent mes émotions. Pourtant je crains que l'intensité vécue ne s'émousse dans ma bouche et dans mes mots.

Depuis neuf mois, je parle du large, mais je ne vais plus en mer. J'ai tout juste goûté à une étape de la course de l'Europe à bord du trimaran *La Trinitaine* de Marc Guillemot, à deux étapes du Tour de France à la voile sur *Saint-Quentin-en-Yvelines/Brut de Fabergé* de Thierry Péponnet, à une brève sortie sur *Aquitaine Innovations* d'Yves Parlier, et à la course du Fastnet à bord de *PRB* d'Isabelle Autissier. À peine de quoi apaiser mon manque de mer, pas de le rassasier.

Ce 29 novembre 1997, moi l'optimiste, je me laisse gagner par la lassitude. Alors que j'ai toutes les raisons d'être heureuse, notamment parce que je me sens à l'aise dans le projet de construction déjà bien avancé, je ne vois que le gris de la situation : je suis fatiguée, je ne m'appartiens plus, le chantier va prendre du retard pour des raisons d'ordre administratif, et je ne navigue plus.

En rentrant chez moi, à Locmariaquer, quelques jours plus tard, je vais revoir la mer et lui parler. Peu importe si cela peut paraître ridicule, j'ai besoin de lui rendre visite régulièrement, de la respirer, de la toucher, de poser mon regard sur son horizon prometteur, pour me ressourcer, pour éprouver à nouveau les émotions hauturières, comme si le rivage était un substitut de l'océan lorsque je suis à terre. J'ai besoin de renouer le dialogue et la complicité avec la mer, de réapprendre la vérité et la simplicité du large.

Dans les moments de doute ou de désillusion qui ne manquent pas d'émailler la mise en œuvre du nouveau projet, c'est auprès d'elle que je reprends contact avec les vraies raisons pour lesquelles je veux repartir. Quand je la retrouve, je lui parle :

« Où es-tu ma p'tite mer ? J'ai besoin de toi, mais tu es si loin. Je t'aime. C'est bien cela. L'émotion qui m'étreint, là, dans la douceur du couchant, cette plénitude qui inonde le corps et l'âme, ce doux sentiment de liberté et d'appartenance mêlées, cet échange complice, cette évidence...

Je ne pensais pas que tu me manquais autant. Et je te le dis. Et je m'étonne d'en pleurer.

Je ne suis pas triste. Seulement amoureuse. C'est étrange d'être amoureuse de la mer... »

Quelques jours plus tard, toujours en manque de mer, je réponds volontiers à l'invitation qui m'est adressée de participer au championnat du monde de Dart[5] à Nouméa. Accompagné d'un bon ami trinitain, François Begkoyan, dit Bico, vendeur de fruits de mer et régatier talentueux, je m'envole vers la Nouvelle-Calédonie avec un sentiment de délivrance. Puisque nous devons fêter la Saint-Sylvestre dans l'avion, Bico a emporté une bourriche d'huîtres qui feront le régal des passagers autour de nous. Même si nous avons participé

5. Catamaran de sport.

à des épreuves sportives engagées, il a flotté sur notre séjour un vrai parfum de vacances.

Après le Pacifique, je continue de tromper mes envies de large dans la préparation du championnat du monde de voile qui doit se dérouler début mars à Dubaï. Des régatières (des vraies), Marine Gateff-Charon et Laurence Frémenteau, m'ont proposé de compléter leur équipage. Si je ne suis pas issue du milieu de la régate, comme la plupart des marins, même hauturiers, j'en apprécie le jeu. Il ne s'agit plus de traverser les océans, mais de tourner entre deux ou trois bouées, d'améliorer sans cesse les manœuvres de l'équipage, de concourir au sein d'une flotte de petits bateaux identiques… et de rentrer chaque soir à la maison. La pratique de la régate est très formatrice, y compris pour le coureur au large, car elle permet d'affiner les sensations, d'optimiser les réglages. Et puis, elle aiguise le sens de la compétition. J'ai toujours eu du plaisir à régater, notamment à pratiquer le match racing, des régates en duel rendues populaires par la coupe de l'America.

Les entraînements pour Dubaï dans la rade de Cherbourg, et la compétition elle-même sur les rivages du golfe Persique avec une bonne équipe, apaisent un temps mon besoin de mer. Mais ils ne satisfont pas celui que je ressens de vivre le large, avec ses matins roses et ses crépuscules arc-en-ciel.

Je suis en manque de mer et les obstacles administratifs qui retardent le démarrage du chantier début 1998 mettent ma passion à rude épreuve. C'est Christian Brabant, président de Whirlpool France, qui interviendra pour débloquer une situation difficile à vivre pour toute l'équipe. Mais bientôt mon rêve se matérialise, au cœur d'un chantier de la campagne vendéenne. Et je connais le bonheur d'assister à la lente, complexe et belle naissance de la machine qui m'emmènera à nouveau sur les océans du globe.

Comment naissent les bateaux

La première fois que j'ai caressé mon futur bateau, il était à l'envers. Il ne ressemblait alors en rien à un bateau : ce n'était pas encore une coque, ni même un moule de coque. Il s'agissait seulement de la "préforme", en quelque sorte le "moule du moule", l'empreinte mâle sur laquelle serait réalisée la forme femelle qui, elle, accueillerait la coque.

En pénétrant dans l'atelier Espace Composites à Lunel, près de Montpellier, je suis impressionnée par le volume de mon embryon de bateau. On est loin des lignes effilées du voilier que je conduisais lors du précédent Vendée Globe. Et je n'ai là qu'un premier aperçu des 18,28 mètres de long et des 5,56 mètres de large de la future carène planante.

Ils ne sont pas moins de six, masqués, gantés, à quatre pattes, protégés par d'épaisses genouillères, occupés à faire glisser de grandes cales à poncer. Le travail que ces artisans sont en train d'accomplir est déterminant. Si la préforme mâle n'est pas parfaite, lisse, symétrique, les défauts se retrouveront sur la coque.

La méthode de construction de Dominique Marsaudon et de son équipe est étonnante. Étalés comme des tranches de pain sur un châssis, les couples en aggloméré supportent un encastrement de blocs de polystyrène. La première forme est taillée dans la matière souple, avant d'être enduite, puis poncée, puis de nouveau enduite et poncée, et ainsi de suite...

Marc Lombard m'accompagne. Il va opérer une série de contrôles, pour vérifier notamment la symétrie de la carène.

Quelques semaines plus tard, le moule femelle, la matrice, s'en ira à travers la France en convoi exceptionnel.

À son arrivée au chantier Mag de Fontenay-le-Comte, cette carène si plate, si large, si planante, me sidère et m'éblouit par la beauté de ses lignes. Une chose est de les imaginer à partir d'un dessin ou d'une projection en trois dimensions, et même d'une préforme à l'échelle; une autre est de découvrir la silhouette véritable du bateau, même s'il s'agit encore seulement du moule femelle. J'observe avec émotion ce témoignage de la concrétisation de mon rêve.

Le berceau de mon futur bateau pénètre par une grande porte dans le four où sont cuites et construites les unités en matériaux composites. Rares sont les chantiers qui disposent d'un tel four.

Le fond du moule vert est lissé à la cire, afin de recevoir les couches successives des tissus de carbone et de Kevlar déjà imprégnés de résine Époxy, qui sont conservés dans des congélateurs et compactés sous vide. Les plaques de nid d'abeille sont ensuite posées, elles aussi collées à la résine sous vide, pour empiler à nouveau les tissus de ce que l'on appelle la "peau intérieure", orientés dans le sens des efforts, et superposés en couches plus ou moins épaisses selon les contraintes.

À chaque étape, le bateau est cuit sous vide à une température de 120 degrés environ. Cela permet à la résine imprégnée dans les tissus de se liquéfier et de se répartir de la manière la plus homogène possible.

Cette technique délicate, dite du « pré-imprégné », nécessite une mise en œuvre très soignée. Certains constructeurs lui préfèrent la méthode plus classique de la « voie humide », dans laquelle la résine est passée au rouleau sur les tissus secs, évitant ainsi les bulles d'air. En revanche, ce dernier procédé consomme une quantité de résine supérieure à celui du pré-imprégné, et produit donc des coques plus lourdes.

En commençant par la "peau extérieure" au fond d'un moule parfaitement lisse, on a toutes les chances d'obtenir, au démoulage, une coque homogène sans aspérités à corriger à grand renfort d'enduit. Comme l'état de surface de la carène constitue un élément fondamental de la vitesse du bateau, on comprend aisément que cette méthode soit plus performante, et qu'elle justifie le budget investi dans la fabrication d'un moule femelle.

Le choix du moule est tout aussi important que celui de la structure de la coque. Pour *Whirlpool – Europe 2*, nous avons retenu un moule femelle en fibre de verre plutôt qu'en fibre de carbone, plus onéreuse, et superflue quand il n'est pas envisagé de produire plus de deux bateaux à partir du même moule. Le moule de *Whirlpool – Europe 2* est finalement resté propriété du chantier, et dans cette matrice a été « coulé » l'année suivante un second bateau, *Sill Entreprises* de Roland Jourdain.

La construction du pont, sur moule mâle, et de la coque, a nécessité environ quatre mois de travail. Sorti du four, le pont a été entreposé dans un coin du chantier afin qu'une équipe puisse poursuivre les finitions, pendant que Lionel Lemonchois débutait l'installation de l'accastillage. Dans le même temps, les cloisons transversales et longitudinales qui structurent la coque étaient installées, ainsi que le moteur, ou encore les tuyaux du réseau d'assèchement (des pompes électriques permettent d'assécher chaque compartiment).

La phase suivante consiste à “pré-démouler” la coque, tout en la maintenant dans sa matrice, le temps de présenter le pont, de l'ajuster et de le coller. Alors seulement l'ensemble est démoulé, puis mis à l'envers. L'opération est impressionnante, car on fait pivoter la coque suspendue par des sangles à une crémaillère. Elle reste à l'envers le temps de réaliser la stratification de la liaison avec le pont. Cela facilite le travail des stratifieurs qui, ainsi, ne sont pas obligés d'appliquer résine et tissus les bras en l'air, et cela évite notamment les coulures de résine le long de la coque.

Puis, ce que l'on peut désormais appeler « le bateau », est redressé, enduit, et peint. Intervient alors l'installation des différents équipements électriques et électroniques.

C'est ici qu'entrent en scène Patrick Jullien et Luc Bartissol, qui vont devenir et rester respectivement préparateur et responsable technique. Pendant trois ans, cette équipe va donner sans compter à ce bateau qui est autant le leur que le mien.

Premier petit chef-d'œuvre du duo Luky – Juju, la table à cartes. Rien n'est plus difficile que de définir astucieusement l'emplacement de tous les appareils électroniques du bord, qui doivent être accessibles et solidement fixés. Luky et Juju ont su joindre l'esthétique au fonctionnel pour imaginer une table à cartes devant laquelle, deux ans plus tard, je ne cesse de me pâmer.

La construction de notre bateau, qui s'est longtemps appelé *Whirlpool – Europe 2*, a débuté en février 1998 pour s'achever sept mois plus tard, le 24 août, date à laquelle a eu lieu sa mise à l'eau, à La Rochelle.

Sept mois de gestation durant lesquels j'ai effectué des séjours réguliers au chantier. Lionel Lemonchois, qui assurait alors la responsabilité technique du bateau, était, lui, présent en permanence afin de régler les problèmes rencontrés par les artisans au fur et à mesure de la construction. Il a lui-même réalisé l'équipement du pont et la fabrication de certaines pièces, comme les barres franches, véritables œuvres d'art en fibre de carbone.

Si je n'ai pas suivi l'intégralité de la construction, notamment en raison de l'opération de mon épaule gauche, rebelle depuis plusieurs années, je me suis rendue sur le chantier aussi souvent que possible pour débattre des choix, passer des commandes ou vérifier le bon acheminement de certaines pièces, mais aussi pour le plaisir de suivre l'évolution de mon "bébé".

Chaque fois que je revenais à Fontenay-le-Comte, l'avancée des travaux était visible, les éléments s'assemblaient. Il était agréable de découvrir les déplacements qui, plus tard, me seraient familiers. Je me suis ainsi aperçue qu'enjamber quelques-unes des ouvertures dans les cloisons exigeait une véritable gymnastique, ou encore que les formes longuement observées sur les plans de Marc Lombard s'avéraient parfois plus volumineuses ou au contraire plus étriquées que les dessins ne l'avaient laissé imaginer.

Ainsi en a-t-il été du pont, dont le roof, très ample et très allongé, de façon à faciliter le redressement du bateau en cas de retournement, m'a d'abord paru énorme. Mais j'ai d'emblée aimé ses formes généreuses qui évoquent le dos d'une baleine. De même, les bulles destinées à la vision depuis le carré nous ont semblé trop creuses, et Nordahl Mabire, le maître d'œuvre, a même insisté pour les rectifier, afin de ne pas nuire à l'esthétique du bateau. Mais Marc a défendu la nécessité d'une telle profondeur. Par la suite, le roof ne m'a plus semblé aussi imposant et il participe même à l'équilibre des lignes du bateau. Quant aux bulles – les gros yeux de la baleine –, elles auraient été trop petites si nous en avions réduit la profondeur. Nombreuses sont les pièces qui ont fait l'objet de telles discussions, tant chacun avait à cœur d'optimiser le caractère fonctionnel et l'esthétique du bateau.

Depuis le championnat du monde de voile, à Dubaï, je n'avais pas reçu le moindre embrun, je n'avais pas été bercée par la plus petite vague.

Je me suis concentrée sur les diverses étapes de la construction du bateau, j'ai participé à de nombreuses manifestations, baptêmes, conférences, trophées sportifs, séminaires. J'ai également poursuivi la recherche de partenaires complémentaires, j'ai accueilli au chantier les clients de mes sponsors, les sponsors eux-mêmes, des journalistes, des amis… J'ai travaillé à enrichir mes connaissances météorologiques, effectué un stage de mécanique afin de pouvoir entretenir au mieux mon moteur et le réparer le cas échéant, et j'ai poursuivi ma préparation physique à la thalassothérapie de Carnac ou à la montagne.

J'ai vécu ces mois orpheline de mer, dans le paradoxe du manque et de la plénitude. M'impliquer totalement dans la naissance de mon bateau était mon choix et je ne le regrettais pas. Mais une fois de plus, choisir de vivre jusqu'au bout cette aventure signifiait renoncer à autre chose, renoncer même à la mer pour l'instant, du moins m'en étais-je convaincue. J'aurais pu solliciter un embarquement pour des régates de printemps, mais curieusement, je n'avais pas le goût à naviguer sur les bateaux des autres. J'avais le sentiment que ma place était auprès de celui qui se construisait pour moi. Par ailleurs, je devais me consacrer à l'autre facette de ma profession de navigatrice, la communication.

Je retournais voir la mer lors de courts séjours chez moi. J'allais courir sur les plages environnantes pour la sentir à mes côtés. Je lui parlais de ce bateau en attente, comme pour la préparer à l'accueillir un jour. Pour qu'elle me pardonne mon absence, je lui racontais la richesse des rencontres, des partages, des découvertes qui m'étaient offerts, au cœur de l'histoire du bateau naissant comme à travers les autres volets de mon activité.

J'ai en effet appris à connaître bon nombre des métiers qui animent la construction navale de plaisance. La fabrication d'un bateau de course sollicite l'intervention de nombreux artisans, au sein du chantier comme dans les ateliers des sous-traitants. Stratifieur, mécano-soudeur, découpeur de précision ou, de manière plus évidente, voilier, mateloteur, gréeur, électronicien, informaticien… chacun participe à l'harmonie et à la performance de la machine de compétition. Tous ont donné le meilleur d'eux-mêmes, car ils avaient conscience de participer à l'élaboration d'un bel ouvrage.

Fréquenter ces professionnels a réveillé en moi une indignation, née il y a longtemps déjà, vis-à-vis de la mauvaise image des métiers dits manuels, et de leur dévalorisation dans les cursus scolaires. Lorsque je fréquentais le lycée, les filières de l'artisanat étaient présentées comme le réceptacle des prétendus mauvais élèves. Ceux qui n'obtenaient pas des résultats convenables dans les matières scientifiques ni même dans les matières littéraires étaient orientés vers des filières technologiques, considérées par les enseignants comme une voie de garage. Et l'on préférait faire redoubler des élèves qui se seraient peut-être réalisés pleinement dans un métier manuel ! Le milieu de la voile regorge d'individus mal orientés ayant abandonné des études pour lesquelles ils n'avaient aucune disposition avant de découvrir, souvent en autodidactes, le domaine qui leur correspondait mieux.

À cause de cette politique scolaire, les

chantiers désespèrent aujourd'hui de trouver une main-d'œuvre qualifiée. Le métier de stratifieur n'est certes pas encore très répandu, car la spécialité est récente, mais le bon mécano-soudeur est devenu, lui, perle rare. Avec le développement fulgurant de la plaisance et l'expansion des courses à la voile, le phénomène est particulièrement sensible, et les chantiers finissent par embaucher autant de stagiaires que de personnel qualifié.

Nous en avons supporté les conséquences, non pas pendant la construction du bateau, mais durant l'hiver 1999-2000, lorsque l'engouement pour la course au large a suscité l'éclosion de nombreux projets. Guère habitués à voir leurs carnets de commande bourgeonner, les chantiers ne pouvaient refuser du travail. Ce boum économique n'a toutefois pas engrangé une génération spontanée d'artisans qualifiés, et anticiper l'événement aurait supposé recruter à une époque où les contrats couvraient à peine les frais. Il aurait été préférable que certains chantiers renoncent à de nouveaux marchés afin de satisfaire les clients acquis. Quelques chantiers, heureusement, acceptent cette démarche, et ne cherchent pas à sortir la construction de prototypes de course du cadre – il est vrai, limité – de l'artisanat. Ceux-là livrent un travail irréprochable, quand leurs confrères négligent la qualité au profit de ce qu'ils espèrent être une meilleure rentabilité.

Si ces problèmes me préoccupent au point de les évoquer dans ce livre, c'est par sympathie et intérêt pour le milieu de la voile, pour la construction nautique en général et celle des bateaux de course en particulier. Je crois la course au large, et plus largement, la voile de compétition, vouée à un bel avenir. Le phénomène ne me semble plus aussi ponctuel qu'il a pu l'être dans le passé, où, après quelques mois, voire quelques années d'euphorie, on a vu les flottes fondre au rythme de la désaffection des sponsors.

Aujourd'hui, la voile est reconnue par des entreprises que le parrainage d'une activité sujette à beaucoup d'aléas n'effraie plus. Il me semble que la tendance ne fait que s'amorcer, car elle va de pair avec une professionnalisation du milieu, des coureurs comme de leur encadrement. Dans le même temps, les entreprises qui investissent des budgets dans la communication "hors média" apprennent à exploiter leurs investissements.

Lorsque j'ai rencontré Whirlpool en 1991[6], le numéro un américain de l'électroménager venait de racheter la branche « gros appareils » de Philips (machines à laver, réfrigérateurs, fours...) afin de s'installer en Europe, et devenait dans le même temps leader mondial. L'équipe marketing-communication travaillait à l'époque sur l'implantation d'un nom difficile à prononcer, et sur le développement de la notoriété de la marque. Mes bateaux ont servi cette politique de communication. À mesure que la marque s'est imposée et que nos projets ont pris de l'ampleur, il est devenu essentiel pour Whirlpool d'élargir l'exploitation de notre partenariat à la communication interne. Une entreprise ne peut pas mener des projets de parrainages sportifs ambitieux et onéreux sans la compréhension et l'adhésion de ses salariés. J'en ai toujours été convaincue et j'ai été ravie que notre nouveau bateau serve cette politique.

Pendant la construction, des salariés de Whirlpool sont venus visiter le chantier, découvrir la dimension du projet auquel ils étaient associés. Et je crois que les vendeurs

---

6. *Possibles Rêves*, Éditions Glénat, 1997.

de l'entreprise se souviendront longtemps du 25 août 1998...

La veille, *Whirlpool – Europe 2* avait quitté le chantier de Fontenay-le-Comte et parcouru les cinquante kilomètres jusqu'à La Rochelle en convoi exceptionnel.

Là, il avait été doté de sa quille, puis avait rejoint l'eau en douceur, après que Lionel eut cassé une première bouteille de champagne sur le bulbe. Ensuite, le bateau avait été mâté et préparé pour la cérémonie du lendemain.

Le 25 août, c'est devant les vendeurs de Whirlpool que le bateau a été béni et baptisé. À cette occasion, j'ai voulu leur raconter la première partie de l'aventure, depuis la conception du monocoque destiné au prochain Vendée Globe, jusqu'à cette cérémonie. Je leur ai présenté les principaux acteurs, les artisans, leur travail. J'ai voulu qu'ils tâtent de ce bonheur que j'avais moi-même connu pendant sept mois. Et je crois qu'ils m'ont entendue.

Je mesure la chance que j'ai de mener un projet aussi enrichissant, de disposer d'un bateau aussi beau, de travailler avec une équipe extraordinaire, et je ressens continuellement l'envie de le dire, de l'écrire, car j'en suis fière.

J'ai souhaité que la cérémonie de lancement du bateau respecte la tradition de la marine à voile. Comme celle-ci l'exige, mais aussi dans une démarche spirituelle, j'ai voulu que mon bateau soit béni. C'est le père Jean-Marc Poullaouec, un ami aumônier, passionné de plongée sous-marine, connaissant la mer, ses exigences, et l'humilité des marins, qui a prononcé la bénédiction.

Ensuite est arrivée l'heure du baptême. Là encore, je remercie le directeur de la communication de Whirlpool d'avoir approuvé que le professeur Francine Leca soit la marraine de mon bateau. Ce choix était tellement cohérent avec mon propre parrainage de l'association Mécénat Chirurgie cardiaque[7] ! Il est inappréciable d'être soutenue par un sponsor

7. Mécénat Chirurgie Cardiaque Enfants du Monde a pour but d'amener en France des enfants atteints de maladies ou de malformations cardiaques, et qui ne peuvent être opérés dans leur pays d'origine. Dès leur arrivée, les enfants sont pris en charge par une famille française qui les accueille avant et après l'opération, afin de réduire le temps d'hospitalisation, poste très onéreux pour l'association. Malgré le concours de ces familles d'accueil, l'opération d'un enfant coûte environ 50 000 francs à Mécénat Chirurgie Cardiaque. En quatre ans, plus de 200 enfants ont ainsi pu être sauvés (lire aussi la page consacrée au Mécénat dans le Carnet de bord).

qui respecte mes engagements et l'esprit dans lequel je souhaite mener mon projet. De la même manière, alors que je désirais une belle décoration pour le bateau et pas uniquement un nom inscrit sur une coque, Whirlpool m'a laissé mener l'étude avec le designer Jean-Baptiste Epron. Je crois que tout le monde en est heureux aujourd'hui. Si l'esthétique des lignes d'un bateau est la signature de l'architecte, je prétends que celle de sa décoration appartient conjointement au sponsor, au coureur et au dessinateur. Mais pour le coureur qui porte ces couleurs, le stylisme du bateau est d'autant plus important.

Whirlpool – Europe 2 béni, baptisé, arrosé et déjà admiré, quelques jours plus tard, il allait pouvoir effectuer sa première sortie. C'étaient mes retrouvailles avec la mer, le premier contact avec mon bateau. Une sortie qui a failli mal tourner…

Premiers bords

Droit devant nous, dans l'ouest, le ciel qui s'obscurcit annonce l'arrivée d'un grain. Le vent, exactement dans l'axe du chenal, souffle encore modérément. Il a fallu se décider vite, car la fenêtre de sortie de l'ancien bassin des chalutiers est étroite en période de mortes eaux. Les prévisions nous ont semblé raisonnables. Cela fait quinze jours que le bateau a touché l'eau, et nous avons hâte de tirer les premiers bords.

Nous sommes désormais engagés dans le chenal, sans retour possible puisque la porte du bassin est déjà refermée. Il s'agit de ne pas traîner, car le courant s'est déjà inversé et le niveau descend : le sondeur indique 0,20 mètre sous la quille, qui elle-même se trouve 4,50 mètres sous la flottaison. Quand le grain parvient à notre hauteur, les rafales montent à 30 nœuds. Avec le vent de face et le fardage du bateau, les 29 chevaux de notre moteur peinent à étaler. Notre progression est lente, trop lente. Le bateau est soudain stoppé net : nous avons talonné. Je me précipite sur la commande de quille située sous la casquette du cockpit et amorce l'inclinaison de l'appendice sur tribord, tandis que Lionel plonge sur la manette des gaz afin de pousser le moteur à plein régime. La quille est entièrement inclinée, mais les 8,5 tonnes du monocoque ne bougent pas. Pire, le bateau commence doucement à dériver. Sous notre vent, les cailloux qui bordent la jetée du port des Minimes ne sont plus très loin. Et la hauteur d'eau continue de diminuer…

En passant l'écluse, j'ai remarqué une vedette de la Gendarmerie maritime. Elle nous a doublés juste avant l'arrivée du grain. Devant notre incapacité à nous dégager et la perspective d'échouer notre bijou flambant neuf, toute honte bue, je n'hésite pas et appelle à l'aide. Aussitôt, les gendarmes font demi-tour et viennent saisir la remorque que nous leur lançons. Reprenant l'axe du chenal, ils poussent leur moteur à fond et parviennent à nous dégager au bout de quelques instants. Malheureusement, pendant la manœuvre, je n'ai pas pensé à laisser quelqu'un en veille près de la VHF, ce qui me vaut les réprimandes des gendarmes car avec le bruit du moteur, il nous était impossible d'entendre les instructions qu'ils nous criaient. Mais je veux bien accepter tous les reproches puisqu'ils nous ont sortis d'un bien mauvais pas. Et je ne les remercierai jamais assez d'avoir sauvé mon beau bateau neuf.

Les premières émotions passées, nous hissons la grand-voile à deux ris, de même que la trinquette Titeuf. Une fois les voiles établies, le moteur coupé, nous tirons un premier bord contre le vent en direction de l'île d'Oléron.

Nous sommes au près, et pourtant je suis déjà saisie par la puissance de la machine et sa légèreté. Je me sens perdue dans l'immense cockpit. Je suis terriblement impressionnée. Après de longs mois de jeûne de mer, mon corps a perdu l'habitude de se mouvoir sur un pont, surtout sur celui d'un bateau très raide, du fait de la structure en carbone, et dont les réactions sont brutales. C'est tout juste si je ne rampe pas pour me déplacer. Je tente de m'aventurer sous le vent du roof, derrière Lionel qui semble à l'aise, lui. Il me conseille de me tenir au hale-bas de bôme qui offre une véritable main courante sous l'espar de la grand-voile.

Nous remplissons le ballast avant, pour mettre le bateau un peu plus sur son nez et créer de l'inertie. Le test est concluant : immédiatement, le passage de la carène dans les vagues est plus souple, moins cassant.

Puis nous testons les dérives : enfoncé dans son puits, chacun des deux appendices asymétriques longs de 4 mètres vient contrecarrer la dérive induite par le basculement de la quille. Sur un virement de bord, Marc Lombard nous signale que la trajectoire tracée sur MaxSea, le programme de navigation, indique un angle de 90 degrés, alors même que la quille est redressée au maximum, ce qui est tout à fait exceptionnel pour ce type de bateau. L'architecte exulte : les dérives, qui ont contribué à sa notoriété, une fois encore ne l'ont pas trahi !

Puis nous testons le vent de travers, l'allure idéale sur ces bateaux planants. L'accélération est impressionnante, la carène fume, les embruns volent au-dessus du pont. Nous sommes tous émerveillés, mais je le suis peut-être plus encore que Lionel et Luc, qui ont déjà couru deux fois sur ce type de bateau aux côtés d'Isabelle Autissier, à l'occasion des tentatives de record entre New York et San Francisco.

Cette première sortie marque mes retrouvailles avec la mer. Durant le printemps et l'été, je n'ai rien perdu de la croissance des blés et des tournesols dans la campagne vendéenne ! Mais les marées, le trafic portuaire, l'animation des pontons, m'ont paru être un univers dont j'avais été exclue : l'océan m'a tenue en quarantaine, le temps de lui fabriquer un voilier. J'ai l'impression d'un retour au pays après une longue absence.

Nous sommes à deux mois du départ du premier grand rendez-vous du bateau : la Route du Rhum. Malheureusement, cela ne signifie pas que lui et moi disposons d'un délai d'entraînement aussi long, car il y a encore une foule de détails à mettre au point à bord.

Après quelques sorties de découverte, nous quittons notre base technique de La Rochelle pour La Trinité-sur-Mer.

Nous effectuons de nouvelles sorties d'étalonnage et de calibrage des instruments en baie de Quiberon, navigations qui me permettent également de me familiariser avec la manœuvre. Puis au début du mois d'octobre, le moment est venu de m'élancer en solitaire. Le premier tête-à-tête avec mon nouveau compagnon...

Je choisis un créneau météo suffisamment venté pour avancer (je dois effectuer un parcours qualificatif pour la Route du Rhum), mais modéré, car je veux me sentir à l'aise avec la machine et bien ancrer mes gestes avant de les éprouver dans du gros temps.

Ce jour-là, Lionel et Luc m'accompagnent à bord jusqu'à la sortie du chenal de La Trinité-sur-Mer. Ils m'aident à hisser la grand-voile, avant de sauter dans l'annexe pilotée par Juju. Ils me laissent entre les mains l'objet de toutes leurs attentions depuis des mois. Je dois désormais me débrouiller seule. Et lorsque je les vois m'adresser de grands signes d'adieu, puis effectuer un demi-tour pour rejoindre le port, je ressens un sentiment mêlé : l'appréhension de me retrouver seule sur cette extraordinaire machine et le bonheur de naviguer enfin en solitaire sur le bateau que j'ai fait dessiner et construire.

J'écarte ces pensées pour me concentrer sur l'action. Dans un premier temps, il s'agit de mettre le bateau sur la bonne route, à savoir caler le pilote automatique sur le cap du chenal de la Teignouse, la porte de sortie sud-ouest de la baie de Quiberon, puis régler les voiles en conséquence, tout en vérifiant le trafic et le plan d'eau pour éviter de prendre un casier dans la quille ou les safrans. Le passage dans le sud du phare de la Teignouse, bien connu des plaisanciers, est assez délicat en raison des courants qui l'agitent et des écueils qui l'environnent. Au-delà, par vent d'ouest à sud-ouest comme aujourd'hui, il faut généralement tirer un bord afin de parer la côte nord de Belle-Ile et la pointe des Poulains, tout en surveillant le trafic entre l'île et la presqu'île de Quiberon.

Dégagée des côtes qui ralentissent sa progression, la houle devient plus sensible, plus creuse, plus longue. Pour ces trois ou quatre jours de navigation, j'ai décidé de gagner dans l'ouest jusqu'à un point fictif, puis de réaliser un demi-tour en effectuant une boucle, afin de rencontrer des allures différentes qui me donnent l'occasion de tester réglages et manœuvres. Ma progression est suivie à terre grâce à la communication automatique de ma position, pour que la directrice du comité de course de la Route du Rhum, Sylvie Viant, ait la preuve du parcours qualificatif que j'accomplis.

Dans ces conditions plutôt clémentes, mon corps s'accoutume aisément aux sollicitations qu'il subit et aux déplacements à bord. À mesure que les milles s'alignent dans le sillage du bateau, je prends plus d'assurance et commence à goûter au plaisir retrouvé ainsi qu'à la découverte de nouvelles sensations.

Comme toujours, le franchissement du rail des cargos au large des côtes bretonnes est délicat. Je dois le couper perpendiculairement et je ne suis pas prioritaire, or une légère brume réduit la visibilité.

Je renoue avec la vie en mer, la navigation à la table à cartes, le sommeil en tranches, les grignotages autour du bloc cuisine, le ciré que j'enfile et retire sans cesse, les sorties sur le pont pour un réglage, une manœuvre, l'observation d'un cargo ou d'un pêcheur qui croise... Je suis encore trop proche des côtes pour m'autoriser des périodes de sommeil supérieures à vingt minutes. En revanche, je m'allonge régulièrement sur la banquette de la table à cartes, calant un sac sous mes genoux pour m'éviter de glisser, un petit oreiller gonflable autour du cou, les bottes dépassant du rebord de la banquette pour ne pas l'inonder.

Je n'ai pas de grosse surprise, si ce n'est un problème de moteur qui cale régulièrement, ce qui me contraint à réamorcer la pompe en permanence. Nous découvrirons plus tard que des copeaux de plastique obstruent la sortie du réservoir vers le bloc moteur.

Sur le chemin du retour, poussée aux allures portantes je teste le grand spi Titeuf et m'essaie à mes premiers empannages en solitaire. Une opération délicate qui suppose au préalable d'affaler la chaussette du spi. Heureusement, le vent a encore molli et me permet d'effectuer la manœuvre sans risque.

Ces quelques milles tracés seule m'ont mise en confiance, toutefois cela n'est pas suffisant. Le convoyage du bateau de La Trinité-sur-Mer vers Saint-Malo, pour le départ de la Route du Rhum, va avoir lieu dans des conditions de navigation plus musclées, et en équipage, ce qui va me permettre de m'accoutumer à la vitesse en toute sérénité. Je sais cependant qu'il me reste beaucoup d'inconnues à résoudre avant de m'élancer pour une traversée de l'Atlantique en solitaire…

Chaud et froid sur le Rhum

Samedi 7 novembre 1998. Lorsque nous larguons les amarres du ponton de Saint-Malo pour rejoindre l'écluse, la nuit est déjà tombée. Les quais sont noirs de monde. Dans la foule, j'entends des enfants chanter: « Le bateau qui va gagner la Route du Rhum, c'est le bateau de Catherine Chabaud ! ». Et je souhaite très fort que la vérité sorte de leur bouche... Au moment où le feu d'artifice éclate, je réalise enfin que je vais prendre le départ d'une course dont je rêve depuis près de dix ans...

La première fois que je me suis réellement intéressée à la Route du Rhum, c'était en 1982. J'entamais alors ma deuxième année d'école de journalisme.

Lors de la première édition de l'épreuve, en 1978, j'avais seize ans, et j'étais plutôt passionnée à l'époque par la plongée sous-marine. Peut-être ai-je suivi de loin l'avènement de la « Fiancée de l'Atlantique », Florence Arthaud, et la victoire devenue mythique du trimaran de Mike Birch, 98 secondes devant le long monocoque de Michel Malinovski... Je n'en garde pas de souvenirs. Mais entre les deux éditions, j'ai passé mon bac et j'ai surtout découvert la croisière, une révélation qui allait influencer ma vie.

Au départ de la Route du Rhum en novembre 1982, j'arpente donc les pontons en rêvant qu'un jour j'aurai moi aussi un bateau pour m'élancer de la pointe du Groin, cap sur les Antilles. De retour à Paris, je me mets en tête de trouver un embarquement en Guadeloupe à l'issue de la course, pour convoyer le bateau d'un concurrent. Jusqu'à l'arrivée des premiers, je cherche à entrer en contact avec les skippers – que je ne connais pas – par l'intermédiaire des journalistes spécialisés que j'ai osé aborder au PC course parisien. En vain. Je décide malgré tout de prendre un billet (aller-retour, par prudence) pour Pointe-à-Pitre, négocie avec l'école (compréhensive) la prolongation de mes vacances de Noël, embarque dans l'aventure une amie de promotion également férue de voile, et nous partons toutes deux tenter notre chance sur place.

À la marina de Bas-du-Fort où sont amarrés les bateaux de la flotte, j'apprends que la plupart rentrent en France par cargo ou ne seront convoyés que quelques semaines plus tard. Échec total. Nous nous replions finalement sur une croisière dégottée par une petite annonce de recherche d'équipiers. Croisière qui s'avère quelque peu rocambolesque[8], mais qui a au moins le mérite de nous permettre de découvrir la navigation aux Antilles.

En 1986, je travaille à la revue *Thalassa*, partenaire de l'organisation de la Route du Rhum. Nous éditons un numéro spécial consacré à la course et une lettre d'information quotidienne, distribuée sur les pontons les jours précédant le départ.

Immergée au cœur de l'événement, concentrée sur ma tâche, je continue de rêver. Cette année-là, j'aurais pourtant pu m'aligner au départ car l'opportunité s'était présentée

8. *Possibles Rêves*, Éditions Glénat, 1997.

quelques semaines plus tôt. Mais j'étais engagée vis-à-vis de *Thalassa*, et une opération commando ne me tentait guère – même si c'est exactement ce qui s'est passé quelques années plus tard pour le Vendée Globe. J'avais donc renoncé et conseillé au sponsor de s'intéresser à la navigatrice Anne Liardet, ce qu'il fit.

En 1990, j'ai de nouveau la responsabilité rédactionnelle de la revue *Thalassa* et, de surcroît, je suis impliquée dans un projet de Mini-Transat déjà très avancé, puisque mon prototype est en construction à la Cité des Sciences et de l'Industrie de La Villette, avec laquelle j'ai monté une exposition sur les métiers de la construction navale de plaisance. Bien sûr, je ne rate pas une miette du départ à Saint-Malo, rêvant toujours qu'un jour...

En 1994, j'ai quitté *Thalassa* et j'accorde depuis quatre ans déjà la priorité à la voile. J'ai ainsi enchaîné deux saisons sur des bateaux de la Mini-Transat. J'ai également travaillé en communication interne pour le voilier *La Poste* tout en participant aux courses et aux convoyages de celui-ci. J'ai aussi couru la transat ag2r en double entre Lorient et Saint-Barthélémy, disputé ma première Solitaire du

Figaro, et je travaille alors d'arrache-pied à un ambitieux projet d'équipage féminin pour la Whitbread, la course autour du monde en équipage. La navigation en solitaire me tient toutefois à cœur, et j'ai tenté de trouver un budget pour la Route du Rhum, mais sans succès. Encore des espoirs déçus, mais la possibilité de travailler en tant que journaliste sur la plus célèbre des transats en solitaire se présente une nouvelle fois. *Thalassa* me propose en effet de collaborer à la réalisation d'un CD-Rom sur la Route du Rhum, d'alimenter le serveur Minitel et de participer par la même occasion aux vacations radio avec les skippers. Je passe ainsi les quinze jours de la course au PC de la Maison de la Radio, à rêver, toujours...

1998. J'allais donc à mon tour franchir l'écluse, passage traditionnel qui marque la veillée d'armes avant le départ. Le parcours qui m'avait conduite vers la sixième édition de la Route du Rhum se déroulait pas à pas, dans la logique du grand projet en cours. Le Rhum était devenu une étape sur la route qui devait m'amener au Vendée Globe 2000. J'en avais presque oublié les rêves et les espoirs qui m'avaient animée pendant des années, tant cette participation était programmée, prévisible, presque banale.

Au passage de l'écluse, en contemplant la foule agglutinée sur les quais et en écoutant les enfants chanter, je me suis souvenue avec tendresse de celle que j'étais au départ des quatre Routes du Rhum précédentes. J'ai soudain compris que j'étais en train de réaliser un rêve. Alors j'ai goûté pleinement à la liesse de l'instant et je me suis laissé enivrer par un profond sentiment d'accomplissement. Le simple fait d'être présente sur la ligne de départ était une victoire. Je ne devais pas l'oublier. Je ne partais pas uniquement pour tester mon nouveau bateau en course, j'accomplissais un rêve.

Dimanche 8 novembre au matin. À bord de notre annexe, Lionel, Luc et Juju m'emmènent rejoindre le bateau stationné au mouillage dans l'estuaire de la Rance depuis la veille au soir. Le ciel est couvert, le vent souffle déjà assez fort, mais surtout les prévisions météo sont inquiétantes : l'ouragan Mitch, qui a ravagé l'Amérique centrale, a poursuivi sa trajectoire vers le nord-est et a été repris par la circulation d'ouest. Il revient donc vers nous, moins violent, mais encore puissant.

Si bien qu'à l'heure du grand départ, toute la flotte est sous-toilée. Sur *Whirlpool – Europe 2*, j'ai réduit la grand-voile à deux ris et envoyé la trinquette Titeuf, là où le solent[9] n'aurait pas été de trop. Je tarde à renvoyer de la toile et j'enroule la bouée du cap Fréhel deux secondes derrière Thomas Coville aux commandes d'*Aquitaine Innovations* qu'Yves Parlier, blessé, lui a confié. Nous débridons alors et mettons le cap sur Bréhat. Dans l'accélération, je double Coville et prends la tête des monocoques.

La performance n'a rien d'extraordinaire compte tenu des qualités de *Whirlpool – Europe 2* comparées à celles de la majorité des bateaux concurrents, plus anciens. Pourtant elle me surprend, car je demeure peu habituée aux premières places. Je suis surtout heureuse de prouver – et de constater moi-même – que nous avons fait les bons choix, à commencer par celui de l'architecte, car Marc Lombard n'était pas à la mode et les performances de son bateau demeuraient théoriques, alors que *Aquitaine Innovations* était une référence.

9. Voile d'avant plus grande grande que la trinquette.

Je vais conserver la première place pendant une semaine. Après Mitch, qui se révèle beaucoup moins dévastateur que prévu, nous subissons une deuxième, puis une troisième dépression. Nous en connaîtrons cinq sur toute la traversée. À chaque fois, c'est le même scénario : l'arrivée du front chaud, puis la navigation dans le secteur chaud de la dépression, le vent qui s'oriente au sud, puis au sud-ouest, puis se renforce, entraînant une diminution progressive de la voilure, jusqu'à trois ris dans la grand-voile et un ris dans la trinquette. Les manœuvres s'enchaînent au rythme de la chute du baromètre, plus éprouvantes à mesure que l'on se rapproche de la dépression et de son front froid. Et puis, brutalement, au passage de celui-ci, c'est la bascule franche du vent qui tourne au nord-ouest et faiblit. Il faut alors virer de bord, puisque l'orientation du vent permet de faire route vers le but, et renvoyer la toile sans traîner, parce qu'il est très inconfortable de naviguer sous-toilé face à une houle que l'on prend d'abord de face, et qui met quelque temps à s'orienter dans le sens du nouveau vent. Sans compter que l'on est en course et que les minutes perdues coûtent cher. Cette situation dure plusieurs heures, car le vent mollit progressivement, et il n'y a pas beaucoup de répit entre chaque manœuvre.

Au passage de la dorsale, on se retrouve avec « tout dessus », à savoir la grand-voile haute et le grand gennaker ou le spi. Sa traversée se caractérise souvent par des calmes où l'on tente de chasser la moindre risée, en traquant le retour progressif du vent au sud-est, alors qu'il vient d'effectuer un grand tour par le nord.

Sur la Route du Rhum 1998, cet enchaînement se répète cinq fois. Une fois de trop pour moi. Ma position de leader m'a maintenue dans une pression constante que je n'ai peut-être pas su gérer, d'autant que la cinquième dépression a été bien plus violente que les précédentes.

Avant de la subir, je suis restée encalminée dans un "trou d'air" que Jean-Yves Bernot, mon routeur, et moi, n'avions pas repéré. Du coup, Thomas Coville en a profité pour me doubler, puis Jean-Luc Van den Heede à bord du bateau qu'il m'avait loué pour le Vendée Globe. Jean-Luc fait notre admiration à tous. Le Grand Barbu a recoupé son mât afin de préparer son monocoque pour un prochain tour du monde en solitaire ; son bateau est bien plus ancien et moins véloce que les nôtres, et pourtant sa vitesse au près n'a rien à envier à nos performances. Certes, il est peu probable qu'il puisse soutenir la cadence dès que nous naviguerons aux allures plus débridées, mais il nous inquiète tout de même.

Au sortir de la cinquième dépression, je connais un passage à vide, mais je finis par me ressaisir. Après dix jours consacrés à la manœuvre et à la navigation, sans barrer, j'ai l'impression de vivre une autre course, comme une régate en baie de Quiberon, comme au bon vieux temps du “mini”. Le vent de nord-est soufflant jusqu'à 20 nœuds et une mer peu formée me permettent de glisser jusqu'à 19 nœuds dans les surfs ; c'est déjà un début. Grand-voile haute, gennaker déroulé, mon bateau est un avion et m'offre un plaisir immense. Il reste environ 800 milles à parcourir jusqu'à la pointe nord de la Guadeloupe, soit environ trois jours de course étant donné les conditions météo. Devant, Thomas puis Jean-Luc sont ralentis, il semble que je bénéficie d'un vent plus soutenu et je ne suis pas mal placée pour la suite. Je viens de reprendre une vingtaine de milles sur Thomas et je ne suis plus qu'à deux milles de VDH. Pour remonter sur mes adversaires, je vais devoir “allumer”. Trois jours, c'est une courte étape de la Solitaire du Figaro durant laquelle on est capable de ne pratiquement pas dormir… Je décide donc de courir ces trois derniers jours comme s'il s'agissait du Figaro ! Près de la barre, je constitue une réserve de boissons énergétiques, d'eau (en course, je bois trois ou quatre litres par jour), de fruits secs et de barres de céréales, et je glisse dans le lecteur un CD de musique qui « déménage ». Et c'est parti ! J'ai l'intention de barrer jusqu'à l'arrivée, car à cette allure débridée, le skipper est plus performant que le pilote.

J'enchaîne ainsi près de quatre heures de barre avant de m'accorder une pose sur la banquette de la table à cartes. Auparavant, j'en profite pour étudier la météo et appeler Jean-Yves Bernot. Mais alors que je raccroche le combiné et m'apprête à m'allonger, j'entends soudain un craquement sec sur le pont. Par la bulle sous le vent, j'aperçois le gennaker qui semble en train de tomber à l'eau. Je sors dans le cockpit et ne peux que constater le drame : le mât est cassé à trois ou quatre mètres sous la tête, la grand-voile et le gennaker pendouillent lamentablement. L'espoir de gagner la Route du Rhum vient de s'envoler. Je suis abattue, mais je refuse de m'apitoyer sur mon sort. Ce sera pour plus tard, la course n'est pas finie. Pour le moment, il faut récupérer le gennaker qui traîne dans l'eau, tenter de l'affaler (ce qui s'avérera impossible) et trouver un moyen de descendre l'espar cassé, afin de préserver la grand-voile et d'optimiser la marche du bateau. Mais même si je montais dans le mât, je ne vois pas comment, seule, je pourrais désolidariser le tronçon brisé sans casser l'enrouleur du gennaker et déchirer les deux voiles.

Avec ma petite caméra digitale, je filme le désastreux tableau, puis je retourne à mon deuxième ordinateur et saisis, grâce au logiciel conçu à cet effet, les images éloquentes que j'envoie par transmission satellite à mon équipe. Une demi-heure seulement après le drame, à Paris, Frédéric peut voir l'étendue des dégâts. Le reste de l'équipe est dans l'avion, en route pour m'accueillir en Guadeloupe, dans l'espoir que ce sera en vainqueur et ignorant ce qui vient de se produire. Dès leur arrivée à Pointe-à-Pitre, ils reçoivent à leur tour les photos. Lionel et Luc inspectent les clichés et constatent rapidement qu'il n'y a pas grand-chose à tenter.

Je leur adresse en même temps un message, destiné également à mes partenaires et à tous ceux qui me soutiennent :

« *Besoin d'écrire. À cet instant, la mer est d'huile, le ciel tapissé de quelques nuages immobiles. Tout est calme et serein. Il n'y a que le gréement de mon* Whirlpool – Europe 2 *qui claque ou grince avec les mouvements lents mais prononcés de la houle. Dans cette atmosphère, j'ai choisi d'écouter les concertos pour flûte de Vivaldi, c'est doux.*

De mon esprit, j'ai chassé hier, et je ne pense pas à demain, aux 800 milles qui me restent à parcourir jusqu'en Guadeloupe à la vitesse d'un escargot. Plus que jamais, je vis l'instant présent. C'est beau l'océan, même lorsqu'il porte un bateau blessé. J'ai pris une bonne douche d'eau. Me laver le corps pour rincer mon esprit des douleurs de l'accident, l'apaiser. Écrire m'aidera aussi à abandonner cette souffrance, à tourner la page... »

J'explique à mes amis la pause, l'appel au routeur, le bruit sec qui me précipite sur le pont, les premiers gestes d'urgence et mon impuissance. Mon amertume est grande, mais j'ai presque plus mal pour eux qui me font confiance et croient en ce bateau, que pour moi-même :

« *Je n'ai cessé de répéter ma chance d'être entourée d'une telle équipe. Plus que jamais, je le redis : Anne, Frédo, Anne, Lionel, Luc, Juju... si je suis partie aussi bien préparée malgré l'échéance si courte, si mon bateau m'a conduite jusqu'ici de manière honorable, si aujourd'hui je surmonte la fortune de mer, c'est vraiment grâce à vous. Et je suis moins navrée pour moi que pour vous et pour mes partenaires, qui m'ont permis d'être au départ, me font confiance et me témoignent aujourd'hui leur soutien et leur amitié.*

Merci de ce que vous me donnez tous. Pour moi, pour vous, pour notre bateau, j'ai envie d'aller jusqu'au bout. Le plus dur est passé, maintenant il s'agit simplement d'être patiente et souhaiter que le gréement tienne en l'état. Je vous embrasse tous comme je vous aime. Buvez de bons coups à ma santé.

Cath. »

Quand je joins Lionel pour dresser un état de la situation, il a déjà envisagé une escale dans le nord de la Guadeloupe, dans le respect du règlement, afin que l'équipe puisse

© Gilles Martin-Raget

Le poste de veille, sous l'ample casquette du cockpit, est exceptionnellement bien protégé.

© Gilles Martin-Raget

Entraînements avec Luc Bartissol
avant la transat Jacques Vabre en double.

© Jacques Vapillon

© Jacques Vapillon

16 octobre 1999, départ de la transat Jacques Vabre au Havre, direction Carthagène en Colombie.

© Jacques Vapillon

Whirlpool sous deux ris et trinquette Titeuf, en entraînement au large de l'île de Groix.

Le vent de travers, l'allure favorite des grands monocoques aux carènes larges et plates ; dans ces conditions, *Whirlpool* atteint facilement 15 nœuds de moyenne et des pointes à 20 voire 25 nœuds.

Elle est pas belle, ma bande ? Depuis le fond et de gauche à droite :
au 3e rang, Frédéric Léonard (Hickory), Valérie Tisseraud (navigatrice et bonne bricoleuse), Patrick Jullien (le Juju, doublure numéro 1 avec ses cheveux longs), Tiburce Darrou (entraîneur), Hélène Attié (les bonnes pâtes) ; au 2e rang, Pierre-Emmanuel Hérissé (doublure numéro 2), Anne Combier (Hickory, manager), Jean-Pascal Rey (directeur de la communication et du marketing chez Whirlpool), Hubert Gas (responsable de la communication chez Whirlpool), Caroline Montrelay (coaching), Sophie ; au 1er rang, Jean-Baptiste Epron (l'artiste), Marc Saramito (le doc), Christian Brabant (président-directeur général de Whirlpool France, 1er supporter), ma pomme, Luc Bartissol (préfère être derrière la caméra que devant).

© Gilles Martin-Raget

Hélène Attié, madame cuisine
– un poste capital pour le moral
des troupes –, m'explique avant le départ
où et comment elle a rangé la nourriture.

© Gilles Martin-Raget

Brief de Juju sur le fonctionnement
du moteur des vérins de quille modifié durant
l'hiver 1999-2000.

© Gilles Martin-Raget

Des tubes en carbone (à gauche) installés
après la transat Jacques Vabre permettent
de mieux se tenir dans le carré.

© Gilles Martin-Raget

Quand les conditions exigent que je me tienne prête à sortir dans le cockpit (risque de collision avec les cargos ou les icebergs, vent instable, etc.), je me repose sur la banquette de la table à cartes, suffisamment confortable pour autoriser une bonne récupération. Mais dès que je le peux, je dors dans les bannettes latérales plus douillettes.

Au départ de l'Europe 1 – Newman – Star, à Plymouth, le 4 juin 2000. Bord à bord, *Whirlpool*, son sistership *Sill* de Roland Jourdain, et *Kingfisher* d'Ellen Mac Arthur qui franchira la ligne en vainqueur à Newport.

Depuis le début de l'année 2000, *Whirlpool* est équipé d'une grosse antenne de Standard B qui permet d'utiliser Internet et de communiquer en phonie sur toute la surface du globe. Elle me permettra aussi d'envoyer des images mobiles.
Le Pingouin est l'autre nom de *Whirlpool*. Le papa du pingouin, le dessinateur Chenez, avait joliment illustré les articles de *L'Équipe* pendant le Vendée Globe 1996-1997. Il m'a gentiment offert ce fétiche qui me tient compagnie sur le bateau.

Mon bonheur en mer se résume en un mot : harmonie.

intervenir : « La course n'est pas terminée ! » Comme j'aime me l'entendre dire. Rien ne pouvait mieux me remonter le moral. Il est certain que, si le gréement tient tel quel jusqu'en Guadeloupe, il ne me permettra pas d'effectuer le tour de l'île et surtout de remonter le canal des Saintes contre le vent. Mais si l'on peut réparer, alors je serai en mesure de continuer jusqu'au bout, en course ! Aujourd'hui, la grand-voile s'est un peu affaissée, mais je sais que je peux dérouler le solent ou envoyer Titeuf, le fidèle.

Je poursuis ma route dans un vent qui mollit, ce qui finit par aggraver la situation. Je constate impuissante que mon bateau souffre et je souffre avec lui. Avec lui et pour mes équipiers qui se sont investis corps et âme pour m'aider à le préparer au mieux... L'état de ma machine se dégrade et les prévisions météo n'ont rien de rassurant car le vent pourrait "refuser", m'obligeant à tirer des bords, ce qui paraît impossible.

À terre, l'équipe décide qu'il faut intervenir d'urgence. Avec l'aide de la voilerie Incidences, Anne affrète un grand catamaran de croisière à bord duquel Lionel, Luc et Juju embarquent pour venir à ma rencontre. Quand ils me rejoignent, deux jours plus tard, je n'ai plus de regret de me retrouver hors course, car, sans intervention immédiate, le bateau risque de subir des dégâts bien plus considérables. Mes amis montent à bord : la course est terminée. Je suis déclarée « abandon »...

Entre terre et mer

W*hirlpool – Europe 2* a rarement connu un tel roulis. Le vent est établi à 45 nœuds, la houle de l'Atlantique Nord s'est creusée, un vrai mois de novembre. Mon bateau, démâté, accompagne les vagues dans une valse ample sans même les effleurer... À quelques mètres, deux autres voiliers sans mât suivent exactement le même mouvement.

Sanglé sur ses bers, eux-mêmes amarrés à deux containers solidement arrimés, mon long monocoque semble en sécurité, d'autant que Juju a embarqué à bord du *Fort-Fleur-d'Épée* et surveille jour et nuit les fixations des trois bateaux rapatriés par cargo à l'issue de la Route du Rhum.

Juju traverse l'Atlantique pour la première

fois. Comme la plupart des cargos, le *Fort-Fleur-d'Épée* dispose de quelques cabines « de tourisme ». Ils sont trois passagers à avoir posé leur sac à bord à Pointe-à-Pitre, deux retraités et Juju.

Avec son caractère enjoué, le préparateur de *Whirlpool – Europe 2* a tout de suite été accueilli à la table des officiers, et le menu du bord servi en gants blancs n'est pas pour lui déplaire. Ces privilèges compensent les vicissitudes d'un départ mouvementé, sans cesse retardé par une « grève de la banane » dans les Petites Antilles françaises. Le *Fort-Fleur-d'Épée* a ainsi effectué deux aller et retour entre la Guadeloupe et la Martinique avant de pouvoir appareiller pour l'Europe, chargeant au passage les multicoques *Fujicolor* et *Groupama* en même temps que *Whirlpool – Europe 2*.

Une fois la tempête passée, c'est une pluie de suie contre laquelle Juju doit lutter. Crachée par l'une des cheminées du cargo, la poussière noire et collante s'est répandue sur les ponts immaculés des trois voiliers de course. Avec l'aide de plusieurs membres de l'équipage franco-roumain, il faudra à Juju de longues heures de brossage acharné pour réparer l'outrage et redonner leur blancheur aux ponts.

Le *Fort-Fleur-d'Épée* doit mettre huit jours pour rejoindre l'Europe, (en fait, avec les tergiversations du départ, Juju aura passé quatorze jours à bord !) mais aux deux tiers de la distance, le commandant ne sait toujours pas dans quels ports il accostera, ni dans quel ordre il effectuera les escales. Nous craignons que les containers supportant notre bateau ne soient déchargés dans un port de la Manche avant l'escale prévue à Saint-Nazaire. Cela nous imposerait un long convoyage au moteur, puisque nous n'avons plus de mât valide, ou nous obligerait à charger *Whirlpool – Europe 2* sur un camion pour l'expédier au chantier Mag. Mais traverser la France avec un bateau qui mesure 20 mètres de long avec son bout-dehors, et 5,56 mètres de large, est pratiquement impossible. Sans compter que cela supposerait de retirer la quille...

Finalement le cargo met le cap sur Le Havre et enchaîne : Dunkerque, Anvers, Le Havre à nouveau, puis Saint-Nazaire.

Là, Luc et moi nous le rejoignons, accompagnés d'Olivier Wroczynski, toujours présent quand on a besoin d'un coup de main. Le vent, qui souffle du sud-ouest en rafales, peut rendre le déchargement très dangereux pour la coque en matériaux composites. Heureusement, les conditions météo interdisent la manutention des containers. En attendant que les éléments s'apaisent, le commandant nous invite à dîner et même à passer la nuit à bord. Mais à la première accalmie, les dockers reprendront le travail, car le cargo est pressé de repartir vers les Antilles (l'équipage n'aura même pas posé le pied à terre à l'occasion de cette rotation !).

À 5 heures, le vent mollit enfin, et c'est à mon équipe, cette fois-ci, de ne pas faiblir. *Whirlpool – Europe 2* est libéré de ses attaches, ceinturé par des sangles sous le palonnier, puis soulevé à grande vitesse dans les airs – ce qui est toujours impressionnant pour ses anges gardiens –, avant d'être déposé sur les eaux tumultueuses de la Loire, juste au cul du cargo. À bord, Luc et Juju ont remis le moteur et entament le convoyage jusqu'à La Rochelle où le bateau sera gruté, puis chargé sur un camion à destination du chantier Mag à Fontenay-le-Comte. Retour à la case départ…

Après sept mois de construction et seulement trois mois de mer – dont quinze jours à bord d'un cargo au retour de la Route du Rhum ! –, notre bel oiseau retrouve son berceau et la poussière du chantier.

La liste des travaux à effectuer est longue, sans compter les interventions de détail qui se décideront par la suite. Nous devons renforcer la structure qui a donné des signes de faiblesse, réparer le mât cassé (il ne s'avère pas indispensable de construire un nouveau mât), changer les vérins de quille qui souffrent d'une oxydation prématurée… Suit une série de révisions, réparations ou transformations qui paraissent insignifiantes mais représentent chacune des heures de démontage, de discussion avec les fournisseurs et de remontage.

Nous profitons de cette phase de travaux pour réaliser des études aérodynamiques sur le gréement, prévues dès le départ mais qui supposaient de disposer de suffisamment de temps.

L'objectif est de savoir si le gréement actuel – un mât classique, haubané et posé sur le pont – est performant, ou si le mât-aile adopté par de nombreux skippers serait plus avantageux. Une troisième option, à étudier elle aussi, consisterait à améliorer notre gréement en modifiant uniquement la géométrie du plan de voilure.

Marc Lombard et l'ingénieur Michel Kermarec, concepteur du plan de voilure, définissent ainsi trois gréements qui vont être construits sous forme de modèles réduits et installés sur une maquette superbe de *Whirlpool*, spécialement réalisée pour les essais en laboratoire par un couple de passionnés, François et Virginie Nivelleau.

Six mois plus tôt, j'avais eu l'occasion de rencontrer des responsables de la soufflerie de l'École nationale supérieure de mécanique et d'aéronautique (ENSMA), implantée sur le site du Futuroscope de Poitiers. Privilège de ma célébrité naissante, j'avais été invitée, à l'occasion des manifestations marquant le cinquantième anniversaire de l'école, à jouer les Candide dans un débat sur l'Espace... Le rôle me seyait à merveille: j'ai ainsi eu le plaisir d'interroger une astronaute américaine, de même qu'un spationaute français, et de rencontrer un responsable du CNES (Centre national d'études spatiales). Moi qui rêve de pouvoir un jour contempler la Terre depuis l'espace...

Le lendemain, je visitai la soufflerie (Michel Kermarec y avait déjà effectué des recherches pour la coupe de l'America) où je me retrouvais donc, six mois plus tard, pour tester le gréement de *Whirlpool – Europe 2*.

Pour réaliser ces études, la maquette au vingtième, dont la carène peut présenter différents plans d'inclinaison, est boulonnée sur une balance équipée de capteurs. Chaque gréement est testé sous plusieurs angles par rapport au vent et avec différentes intensités de vent. Entre chaque mesure, il faut donc pénétrer dans le tunnel où le vent est produit, pour régler les voiles.

Les informations ainsi collectées permettent de comparer les rapports de portance et de traînée. Pour simplifier : une grand-voile avec un fort rond de chute (l'arrondi de la voile dans le haut) va propulser le bateau plus vite qu'une grand-voile qui offrirait moins de surface. En revanche, cette même surface représente une traînée dans l'air non négligeable et forcément plus importante que celle d'une voile plus petite. C'est ce rapport global entre la portance d'un plan de voilure (mât et voiles) et sa traînée qu'il est déterminant de connaître et d'améliorer.

Pour la précédente génération de monocoques de 60 pieds open, la tendance était d'augmenter la surface des voiles, et notamment la grand-voile, en allongeant la bordure (donc la longueur de la bôme) et la valeur du rond de chute. Aujourd'hui, de plus en plus de skippers équipent leur bateau d'un mât-aile. C'est une option que nous avons écartée lors de la conception générale de *Whirlpool*, car Marc Lombard n'était pas convaincu de son intérêt en l'absence d'études plus approfondies en soufflerie (il faut savoir qu'un mât-aile est plus lourd qu'un mât classique et beaucoup plus onéreux car il nécessite plus de carbone).

Les essais en soufflerie réalisés, les résultats sont confrontés au programme « tour du monde » mis au point par le météorologue Jean-Yves Bernot, et que nous avons déjà utilisé pour le choix de la carène. Le verdict est éloquent : selon le modèle informatique, avec un mât-aile, le bateau bouclerait le tour du monde plusieurs jours plus tôt que s'il restait équipé avec notre gréement actuel ! Toutefois, si nous dotions notre mât classique d'un plan de voilure plus élancé, le retard sur le mât-aile ne serait pas significatif. L'information a de quoi nous satisfaire, car il serait extrêmement compliqué et coûteux de modifier *Whirlpool – Europe 2* pour accueillir un espar tournant soutenu par des barres de flèche à la manière d'un thonier. L'idéal serait donc de construire un nouveau mât traditionnel sur lequel nous pourrions rehausser le sommet des voiles d'avant ; mais la transformation reste onéreuse et, après tout, notre mât, renforcé, est fiable désormais.

Finalement, nous décidons de le conserver et de modifier la géométrie du plan de voilure, afin de lui donner plus d'élancement. Au même moment, Roland Jourdain, qui fait construire un bateau dans les moules du mien, et avec qui nous échangeons nos réflexions et nos expériences, choisit, lui, le mât-aile.

Dans un premier temps, à l'issue de la course de l'Europe 1999 et du Fastnet, nous allons recouper la bôme pour courir la transat Jacques Vabre. La suite des transformations devra être effectuée durant l'hiver 1999-2000.

Ce nouveau chantier me retient une nouvelle fois à terre pendant plusieurs mois. Fin décembre, je trompe mon manque d'océans en mer Rouge, où je pars pour une petite semaine avec des amies.

Sharm-el-Cheick est une station balnéaire

égyptienne au pied des montagnes du Sinaï. Je ferme les yeux sur l'authenticité violée de ce site autrefois désert et fréquenté par les seuls pêcheurs locaux, et replonge avec délice dans ces eaux riches de couleurs et de faune. J'ai malheureusement oublié mon brevet de plongée sous-marine et dois me contenter de balades en apnée. Quelque peu frustrée, je goûte malgré tout au plaisir de renouer avec la mer « en dessous », peuplée ici de centaines de poissons aux livrées exubérantes.

Ces dernières années, la pratique intensive de la voile m'a laissé peu d'occasions de découvertes subaquatiques, sources de mes bonheurs d'enfant et d'adolescente. À Roscoff, dans le Finistère Nord, avec mes frères et sœur, nous nous risquions à suivre notre père qui partait chasser ou plonger pendant des heures. J'aimais les mises à l'eau en fin de marée descendante, lorsque, équipés de nos combinaisons, palmes, masque, tuba et harpon, nous marchions entre cailloux et laminaires, jusqu'à pouvoir immerger tout le corps. Nous progressions alors en glissant sur ces algues brunes à la peau visqueuse dont j'avais appris à apprécier le contact. Au point que, devenue adulte, en découvrant les eaux tropicales réputées incomparables de splendeur, j'ai regretté l'absence de cette flore envahissante qui se contorsionne au gré des courants, du flux et du reflux.

Courant janvier, à défaut de mer je me tourne avec enthousiasme vers la montagne, où je participe une nouvelle fois au trophée sportif qui réunit chaque année marins et montagnards. Mon attachement aux cimes ne cesse de grandir à mesure que je les découvre. J'y ressens les mêmes émotions qu'au large : sensation de bien-être et de plénitude, beauté, liberté… Je me sens proche des alpinistes qui évoluent, comme les marins, dans les grands espaces en se frottant aux éléments.

Un an plus tard, pendant le long chantier de l'hiver 1999-2000 qui me privera de navigation, c'est de nouveau dans les Alpes que je m'en irai tromper mon attente en profitant d'une merveilleuse semaine de ski de randonnée. Il s'agira bien sûr de travailler ma condition physique pour les épreuves de l'année, mais mon attirance pour les grands reliefs verticaux se confirme à chaque séjour. Moi qui ai voué ma vie aux horizons infinis, je m'aperçois que les pentes et les parois me sont, elles aussi, devenues indispensables.

Enfin, nous remettons le bateau à l'eau en avril 1999. Après les séances d'étalonnage et une semaine de tests en équipage, Luc et moi convoyons *Whirlpool – Europe 2* en Méditerranée, où nous devons prendre le départ de la course de l'Europe. La Trinité-sur-Mer – Marseille en double constitue un bon entraînement en vue de la transat Jacques Vabre. Je redécouvre le rythme et le confort psychologique d'une navigation à deux, qui augure avec bonheur ce que nous vivrons six mois plus tard en Atlantique.

Pour la course de l'Europe, Luc et moi nous sommes adjoint des équipiers de choc: Roland Jourdain, futur concurrent du Vendée Globe, qui apporte le fruit de son expérience très variée et en profite pour découvrir un bateau cousin du sien encore en construction, Isabelle Autissier, toujours généreuse en conseils, et curieuse de tirer des bords sur un plan Lombard, qui assurera la navigation sur les deux étapes entre Gênes, Benalmadena et Lorient, et enfin Jean-Baptiste Epron, décorateur du bateau, fin régatier et diffuseur permanent de bonne humeur.

Les quinze jours de course tournent au duel acharné avec l'équipage d'Yves Parlier, seul à disposer d'un bateau réellement compétitif. Nous perdons la première étape sur une manœuvre qui se termine mal, mais nous gagnons la seconde à l'issue d'une série d'empannages dans les derniers milles avant de franchir la ligne d'arrivée à Lorient. *Whirlpool – Europe 2* n'a jamais été si bien mené et c'est un régal, d'autant que nous formons un équipage harmonieux, animé d'un désir commun de tirer la quintessence de cette machine dont nous cherchons sans cesse les limites.

Il en va de même lors de la course du Fastnet, que Luky et moi nous courons avec Juju, Lionel et Éric Levet du cabinet Lombard. Les conditions météo nous sont favorables et nous nous en donnons à cœur joie. Pour parfaire le tableau, nous fêtons la victoire le jour de l'éclipse totale. J'ai repéré que la ligne de "totalité" traverse la Manche, alors nous nous positionnons au nord de Cherbourg, traquant les trouées dans les nuages. Équipés de lunettes protectrices, nous suivons la disparition progressive du soleil avec émerveillement. Quand la dernière parcelle de lumière est avalée par le globe lunaire, le ciel est noir dans notre ouest, la nuit tombe soudain. Sur la côte, les phares s'illuminent. Et, phénomène extraordinaire, nous découvrons simultanément un ciel de crépuscule dans l'est et une aube dans l'ouest. Le monde à l'envers !

Puis nous gagnons notre nouveau port d'attache, à la base des sous-marins de Lorient, où nous préparons *Whirlpool – Europe 2* pour la transat Jacques Vabre.

L'eau et le feu

« *Titanic !* »

Tel est le titre du message que Luc Bartissol adresse à notre bureau de l'agence Hickory le samedi 23 octobre 1999, alors que nous sommes en tête de la transat Jacques Vabre, entre Le Havre et Carthagène :

« Salut les Pieds-au-sec !

Nous sommes repartis depuis hier 23 heures TU (temps universel). La réparation a duré cinq heures, puis nous avons dû attendre trois heures de plus que la résine "polymérise". Nous sommes donc restés huit heures à la cape !

L'oméga[10] *est réparé aux deux endroits de rupture. Nous avons confectionné un raidisseur*

10. Renfort de la coque.

en coupant un morceau des aménagements de la soute à voiles. Puis Catherine a rangé et fini d'assécher tout le bateau, qui en avait grand besoin.

Pour l'instant, la réparation tient, à mon étonnement. Le bateau tape encore beaucoup, même si nous nous efforçons de ne pas serrer le vent. La solution serait peut-être de barrer, mais notre état de fatigue rend hasardeuse toute excursion sur le pont. Nous nous relayons donc, entre sommeil profond dans la bannette et veille tranquille à la table à cartes, en ajustant le cap du pilote aux conditions rencontrées.

Comment cela s'est-il produit ?

Catherine dormait. Le bateau, au portant, ralentissait étrangement malgré les différents réglages que je pouvais effectuer.

Je décide alors d'aller vérifier si notre ballast n'est pas resté rempli, par erreur.

En passant dans la coursive, j'aperçois les sacs de vêtements qui flottent : l'eau s'est infiltrée dans la cabine par le panneau qui avait dû être mal fermé ! Nous sommes en train de couler par l'avant...

Je réveille Cath.

Là, j'ai fait une connerie : comme je ne voulais pas monter sur le pont pour accéder à la soute en raison de la météo peu maniable, j'ai ouvert le panneau intérieur pour essayer de me faufiler. Évidemment, l'eau est entrée comme un torrent et j'ai dû refermer en toute hâte. Il a donc bien fallu que je passe par le pont. Première constatation : le capot du pont était effectivement resté entrouvert. Seconde constatation : il y a une quantité d'eau incroyable dans la soute. Tout y flotte, les voiles, les bidons, les bouts... L'eau se balade d'un bord à l'autre, car sous l'effet de carène liquide, le bateau roule de plus en plus, ce qui n'est pas sans m'inquiéter.

Après réflexion, nous essayons d'abord de vider la soute à voiles au moyen de la pompe prévue à cet effet, en connectant le tuyau au passe-coque du circuit d'assèchement. Le système fonctionne dix minutes, au bout desquelles la pompe rend l'âme. Nous voilà obligés de débrancher le tuyau côté pompe, puisque cette dernière ne sert à rien, pour laisser l'eau s'évacuer par effet de siphon, tout en remplissant des seaux que nous vidons au fur et à mesure dans le cockpit.

La méthode est manifestement trop longue : la pression de l'eau ne semble pas diminuer. Je me souviens alors que le niveau de l'eau dans la boîte de quille, à l'arrière de la soute à voiles, est plus bas que la cloison de la boîte : il doit être possible de vider l'eau par le puits de quille... Nous enfilons les combinaisons de survie, attrapons les deux seaux, et cap sur l'aventure ! Le spectacle que nous découvrons en pénétrant dans la soute par le capot de pont est affligeant : comment avons-nous pu embarquer autant d'eau par un capot entrebâillé ?

Le capot de quille ouvert à son tour, nous écopons à toute vitesse les milliers de litres d'eau de mer qui n'ont rien à faire dans notre soute à voiles.

C'est alors que Catherine constate l'absence de la sonde du speedomètre[11] *bâbord (*Whirlpool *est équipé de deux capteurs, car la largeur du bateau fait que la sonde au vent reste le plus souvent hors de l'eau). C'est par là que l'eau s'engouffre dans la soute comme un geyser...*

Il nous faut trois heures pour évacuer le plus gros du volume d'eau, mais le bateau est alors dans un état innommable et de longues heures sont encore nécessaires pour tout remettre en ordre. »

J'enrage ! Le pire a été évité, mais la plai-

11. Capteur de vitesse du bateau.

santerie nous a coûté près de huit heures d'arrêt, et la cause de l'incident est si anodine que cela en est ridicule. Avant d'aller m'allonger, j'avais constaté que l'électronique n'affichait plus la vitesse du bateau ! Je m'étais dit que la roue à aubes du speedomètre devait être bloquée par une saleté que j'irais retirer plus tard, et j'avais enclenché le capteur tribord… Après l'avoir signalé à Luc, qui n'a pas plus réagi que moi, je me suis effondrée dans la bannette. Si j'étais allée vérifier le capteur à ce moment-là, j'aurais tout de suite constaté la disparition de la sonde, et j'en aurais été quitte pour quelques coups d'écope. Je suis furieuse d'avoir négligé cette vérification. J'espère au moins que cette erreur me servira de leçon pour le Vendée Globe.

Mais en attendant, le bilan est lourd : en plus de la structure endommagée, le gennaker est déchiré, la pompe de quille a été entièrement immergée, des câbles électriques ont été arrachés, et le moteur de la quille mobile ne va sans doute pas tarder à nous lâcher, sans compter que les vérins hydrauliques semblent fuir. L'alternateur du moteur, installé dans le carré, sous la banquette, a pris l'eau, mais fonctionne toujours ; les batteries aussi ont souffert, mais cela ne doit pas être trop grave, car elles sont supposées être étanches. Nous n'avons plus grand-chose de sec à nous mettre sur le dos, et pour couronner le tout, tous nos papiers, passeports, carnets d'adresses... ont appris à nager.

Nous sommes épuisés, mais pourtant toujours en tête de la transat Jacques Vabre, malgré les huit heures d'arrêt total, et avec une avance encore confortable sur nos adversaires. Nous sommes motivés et trouvons de l'énergie au-delà de ce que j'aurais pu imaginer. En double, nous menons *Whirlpool – Europe 2* à un train d'enfer. Si je m'interroge sur notre capacité – du moins la mienne – à maintenir ce rythme jusqu'en Colombie, j'apprends avec Luc à ne jamais me relâcher, à puiser plus loin dans mes ressources. Alors que mon expérience, plutôt marquée par l'endurance, m'inciterait à être plus “conservatrice”, je ne cherche pas à me préserver : on verra bien jusqu'où je tiendrai...

C'est un vrai bonheur que de courir cette transat, sans doute la plus belle de mes douze traversées de l'Atlantique. Bien sûr, notre position de leader depuis le départ du Havre n'est pas étrangère à mon euphorie. Mais j'apprécie aussi d'avoir le sentiment que nous menons à fond notre incroyable machine volante. Et puis je suis heureuse de naviguer en duo, un compromis entre la course en solitaire, que j'aime particulièrement, et les compétitions en équipage, qui me permettent de pousser le bateau au maximum de ses capacités tout en partageant cette expérience.

Le 27 octobre, le message que j'envoie aux terriens traduit cette jouissance de la course au large vécue comme un long sprint :

« *Depuis trois jours, nous sommes sur "l'autoroute" des alizés. Le vent nous pousse, vite. Il gonfle notre immense spi Titeuf qui tire le bateau dans des surfs magiques sous le soleil ou sous la lune, au ras d'un océan bleu outremer. Il fait déjà bien chaud, et nous vivons en short et en tee-shirt, la casquette vissée sur la tête et couverts de crème solaire, avec juste une petite polaire pour la nuit et un ciré pour les embruns.*

Tout à l'heure, à la barre, j'ai eu envie de trouver un surnom à ce beau bateau que j'emmenais dans des glissades sauvages, remontant ou descendant dans le vent pour garder le grand spi Titeuf toujours gonflé. "Danse avec les vagues", c'est ainsi qu'il faudrait l'appeler ! Dans de telles conditions, lorsque le pilote automatique ne peut suivre la cadence sans que l'on risque de coucher le bateau, il est impossible de lâcher la barre. Nous nous relayons donc avec Luc, parfois au bout d'une demi-heure à peine, tant la fatigue est grande et la machine exige de vigilance... »

Saint-Barthélémy, où nous allons devoir contourner une bouée avant de mettre le cap sur Carthagène, se trouve alors approximativement à mille milles, soit trois jours environ compte tenu de notre vitesse (20 nœuds dans les surfs) et des vents mollissants annoncés.

Mais quelques heures plus tard, le ciel nous tombe à nouveau sur la tête. Ou plutôt le spi. Notre grand Titeuf de 350 mètres carrés, si fier et si utile à ces allures de plein vent arrière, nous abandonne.

Je suis à la barre, Luc est en train de dormir. Comble de l'ironie, prise d'un besoin urgent et incapable de lâcher les commandes du bateau, j'avais attrapé le seau, et je me trouve encore assise dessus, toujours la barre à la main, lorsque j'entends comme le bruit d'une robe que l'on déchire, exactement comme au cinéma. Tout en remontant mon maillot tant bien que mal, je hurle à Luc que le spi se fend. Luky surgit à poil dans le cockpit, et tente alors de rattraper les lambeaux de toile qui chalutent déjà sur le flanc tribord du bateau. La drisse est encore maintenue par un renfort qui ceint les trois côtés de la voile. Luc essaie en vain de ramener la toile à bord, mais la manœuvre est délicate, et à supposer que nous puissions récupérer des pans de tissu arrachés, reconstituer le puzzle nous paraît utopique. Je décide d'abandonner le spi à la mer, bien que je connaisse l'importance de cette voile pour les longs milles encore à parcourir. Luc se saisit alors d'un poignard et coupe les renforts qui retiennent la toile.

Sachant que le règlement de la transat Jacques Vabre autorise l'escale, nous vérifions qu'il permet aussi de récupérer du matériel en respectant une procédure "d'arrêt aux stands". À Paris, Anne Combier se met aussitôt en chasse d'un spi de fortune, disponible aux Antilles, car nous n'avons pas le temps d'en acheminer un depuis la métropole. Comme lors de la Route du Rhum, c'est Frédéric Charpail de la voilerie Incidences qui trouve la solution: le spi d'un voilier de croisière naviguant en Martinique. Le représentant de la voilerie sur place apporte lui-même le spi de secours à Saint-Barthélémy, et le confie immédiatement à mes équipiers qui sont en train de pointer les bateaux devant Gustavia, veillant à ce que notre escale soit la plus courte possible.

Les trois ou quatre jours qui nous séparent de Saint-Barth sont très durs pour les nerfs. Le gennaker est loin d'offrir la même efficacité que le spinnaker car il nous oblige à naviguer à des angles plus fermés et franchement écartés de notre destination.

Nous taisons notre avarie afin que nos concurrents ne se réjouissent pas trop vite, mais notre avance qui s'amenuise ne tarde pas à alimenter les rumeurs. Certains concurrents tenteront même une procédure pour que nous soyons disqualifiés, bien que, en nous arrêtant pour réparer, nous n'ayons fait que respecter à la lettre le règlement de la course, même si celui-ci peut paraître permissif.

Lorsque, au cœur de la nuit, nous renvoyons la grand-voile, affalée le temps d'une escale qui aura duré moins d'une minute, les perspectives ne sont pas très encourageantes : le vent devrait mollir devant nous, permettant à nos poursuivants de combler un peu plus encore leur retard. Et s'il nous sauve en partie, le spi de fortune est bien plus petit que notre regretté Titeuf. Jean-Yves Bernot, notre routeur, ne cache pas qu'il sera difficile de maintenir notre position en tête de la course. Pourtant, n'abandonnant pas notre optimisme, nous tentons de nous diriger vers les côtes Nord du Venezuela, une option météo osée mais payante, puisqu'elle nous permet au moins de ne pas nous faire dépasser d'emblée. Derrière nous, *Sodebo,* de Thomas Coville et Hervé Jan, se montre pressant. *Sill,* de Roland Jourdain et Jean Lecam, ainsi que *Team Groupe Four* des Britanniques Mike Golding et Edward Danby, reviennent également à vive allure. L'arrivée va se jouer dans un mouchoir de poche, d'autant qu'à l'approche de Carthagène, le vent est quasi nul. Mais, une autre épreuve nous attend...

Depuis l'inondation de la soute à voiles, la commande électrique du moteur de la quille a rendu l'âme. Nous parvenons tout de même à l'utiliser en actionnant directement les relais, même si cela suppose qu'à chaque manœuvre l'un de nous deux se rende dans le compartiment de la quille pour mettre en route l'appendice. Le 2 novembre, au cours d'une manœuvre de virement de bord, Luc m'annonce que, cette fois-ci, c'est le moteur des vérins hydrauliques qui ne devrait pas tarder à nous lâcher. Cela signifie qu'il faudra actionner la centrale hydraulique en ayant recours à la pompe manuelle, à raison d'une centaine de mouvements de pompe à chaque fois ! Sans compter la lenteur de l'opération...

À la fin de la manœuvre, Luc se glisse donc jusqu'à la quille. Je suis alors à la barre. Soudain, j'entends une explosion. Puis je vois surgir Luc, torse nu, les bras tendus le long du corps, et qui me lance, paniqué : « J'ai pris feu ! ». Tout en prenant conscience de ce qui lui est arrivé, Luc m'explique, la voix tremblante, qu'après avoir aspergé le moteur d'un dégrippant destiné à freiner l'oxydation, il a aussitôt tenté de le mettre en route, sans attendre que le gaz ait reposé. À la première étincelle, le produit s'est enflammé, créant une explosion qui a projeté Luc un mètre en arrière. « J'ai vu une flamme énorme dont le souffle m'a envoyé valser, comme dans les films ! J'ai cru que j'allais mourir ! J'ai mal ! Je crois que je suis grièvement brûlé... ».

Si le torse et le visage de Luc sont effectivement très rouges, je constate que la peau n'est pas arrachée. On dirait qu'il souffre d'un gros coup de soleil, mais j'ai l'impression que ce n'est pas aussi grave qu'il le redoute. Lui, d'ordinaire si calme, est visiblement bouleversé par ce qu'il vient de subir. Je tente de le réconforter mais Luc a besoin d'un avis expert et nous appelons le docteur Chauve dont les coordonnées figurent parmi les numéros d'urgence enregistrés sur notre téléphone mobile par satellite. Jean-Yves Chauve parvient à rassurer Luc et nous donne quelques conseils pour soigner ses brûlures ; il conforte aussi mon intuition quant à l'absence de gravité de celles-ci et m'explique que Luc est surtout en état de choc.

Dans un premier temps, Luc s'asperge le visage et le torse d'eau de mer dessalinisée, puis je l'aide à s'installer dans la soute à voiles, où je peux créer un courant d'air avec le capot de pont. Assommé par quelques calmants, tartiné de crème, recouvert de bandelettes contre les brûlures, repu d'un bon plat de pâtes, Luc finit par s'endormir dans la bannette.

Jusqu'à l'arrivée, Luc va serrer les dents car, si son cas n'a pas nécessité une évacuation d'urgence comme il l'avait craint, en plusieurs endroits la chair est à vif, longue à cicatriser ; les pansements ont du mal à tenir avec la chaleur et les manœuvres qu'il ne s'épargne pas. Luc a d'abord évité de s'exposer aux rayons du soleil, mais comme il ne pouvait pas se résoudre à me laisser manœuvrer seule, il a enfilé un polo, bien trop chaud pour les conditions tropicales que nous connaissons, et il a toutes les peines du monde à tenir le tissu hors de contact avec la peau.

Malgré tous ces tourments, nous sommes toujours en tête de la flotte des monocoques à moins de vingt-quatre heures de l'arrivée à Carthagène. Pourtant, au couchant, *Sodebo* finit par croiser notre route : il est devant. Derrière, les deux autres poursuivants reviennent comme des avions. La nuit durant, nous luttons dans des grains sans vent et une mer envahie de résidus de canne à sucre qui nous contraignent à effectuer près de dix marches arrière.

Le dernier grain, mieux négocié par Thomas Coville et Hervé Jan, nous est fatal. Après avoir mené la course pendant dix-neuf jours, avec une avance allant jusqu'à près de 200 milles sur le deuxième, la victoire nous échappe à quelques milles du but. Et il s'en faut de peu pour que *Groupe Four*, qui a doublé *Sill*, et *Sill* lui-même ne franchissent la ligne devant *Whirlpool – Europe 2*.

À quelques minutes du coup de canon final, j'ai du mal à avaler ce que je considère comme une défaite. Après le démâtage dans la Route du Rhum, je voulais gagner cette transat Jacques Vabre qui était à notre portée. Les heures perdues pour une voie d'eau ou un spi déchiré prennent alors toute leur ampleur...

Luc tente de me consoler, avant que la ligne d'arrivée ne rompe nos vingt jours d'intimité. Mon "collègue de bureau" n'a pas tort : nous pouvons être fiers d'une navigation "propre", qui nous a vus prendre de bonnes options météo, toujours prompts à manœuvrer dans un bon tempo, à bord d'un bateau bien préparé et qui nous a donné énormément de plaisir.

Au coup de canon, et malgré les applaudissements des quelques amis et supporters venus nous accueillir en pleine nuit, j'ai du mal à cacher ma déception. Et lorsque notre équipe monte à bord, accompagnée par le médecin d'un navire français en escale à Carthagène qui pourra soigner Luc, j'éclate en sanglots. Heureusement, le convoyage est long depuis la ligne d'arrivée jusqu'au port, et cela me donne le temps de reprendre mes esprits.

La présence à Carthagène d'une bonne partie de l'équipe, ainsi que de Christian Brabant et Hubert Gas[12], toujours présents dans les coups durs, m'aide à panser mes blessures. Mon optimisme reprend le dessus et m'incite à tirer les enseignements de cette course bien menée, mais pas gagnée. Comme après l'avarie de mât qui m'avait contrainte à l'abandon sur le Rhum, je m'efforce de me concentrer de nouveau sur mon objectif principal : le Vendée Globe 2000.

12. Respectivement président-directeur général et responsable de la communication de Whirlpool France.

Attention travaux !

Une nouvelle fois, *Whirlpool – Europe 2* doit regagner la France en cargo. J'avais espéré que la traversée retour, en équipage ou en solitaire, me permettrait de m'entraîner pour le Vendée Globe, mais la course a commis des ravages : les tonnes d'eau que nous avons embarquées dans la soute à voiles et dans le carré, ont fait travailler la structure et corrodé différents équipements, notamment le moteur de la quille. Nous ne pouvons prendre le risque d'endommager plus encore le bateau et nous devons nous résoudre à le renvoyer en France sous bonne escorte.

Débute alors une véritable épopée pour trouver un cargo.

Pierre-Emmanuel Hérissé, alias Pierrot, dit aussi P.E., a rejoint l'équipe technique de *Whirlpool – Europe 2* début 1999. Avec Patrick Jullien, c'est le deuxième grand blond aux cheveux longs de la bande (le troisième, avec moi, plaisante la bande quand, régulièrement, de dos on nous confond, Pierrot, Juju et moi !). Comme Juju, il a fait de la préparation des bateaux de course un métier.

Quand Pierrot débarque à Carthagène, peu après l'arrivée de la transat Jacques Vabre, Frédéric Léonard, de l'agence Hickory, vient de négocier le chargement de *Whirlpool – Europe 2* sur un cargo. Mais celui-ci ne se présentera jamais dans le port colombien, le capitaine ayant décidé au dernier moment de ne plus y faire escale. La compagnie de transport maritime nous propose alors un autre bâtiment qui, deux jours avant d'atteindre Carthagène, refuse le chargement des voiliers qu'il était censé rapatrier. Cela fait déjà une semaine que les équipes d'assistance attendent une opportunité...

Un transitaire parvient finalement à convaincre un bananier d'embarquer trois multicoques et deux monocoques. Le navire en question rejoint le port colombien avec deux jours de retard sur le programme annoncé, et le chargement débute enfin... Mais alors que la grue a déjà soulevé le premier multicoque, le commandant estime qu'il n'est vraiment pas raisonnable d'encombrer son pont avec ces araignées géantes, d'autant qu'au large le cyclone Leny, né en mer des Caraïbes, devrait repartir dans l'est sur la route empruntée par le trafic maritime !

Au terme de quinze jours d'attente, de tractations épuisantes et de démarches interminables pour décaler les billets d'avion, et après plus de vingt-quatre heures d'incertitude et de manutentions intensives sur les quais de Carthagène, le bananier, enfin chargé, peut appareiller pour l'Europe. La destination initialement annoncée était Vigo, sur la côte atlantique de l'Espagne, mais en cours de route, compte tenu du retard accumulé au départ, le commandant décide de gagner en priorité le port d'Anvers, où sont débarqués les cinq voiliers de course. Luc et Juju réceptionnent *Whirlpool – Europe 2*, le remettent à l'eau, réinstallent aussitôt le gréement, avant que j'aille le chercher avec Pierrot, fin décembre, pour le ramener par mer, aux Sables d'Olonne cette fois-ci.

Whirlpool – Europe 2 retourne au chantier pour cinq longs mois.

Ainsi va la vie d'un bateau de course. À peine a-t-il franchi la ligne d'arrivée d'une course transatlantique qu'il rejoint au plus vite sa base pour subir un nouveau lifting. Lorsqu'on nous demande ce qui paralyse ainsi à terre nos bateaux pendant de si longs mois, nous sommes capables de citer les travaux majeurs, mais nous sommes bien en peine d'évoquer les innombrables vérifications et réparations de détail dont nos programmes sont pourtant chargés. Cela va d'une fuite à colmater à un pan entier de structure à refaire, en passant par le démontage de nombreuses pièces, dans l'unique souci de contrôler l'usure du bateau.

Les poulies, par exemple, autour desquelles passent les bouts, tournent grâce à des roulements à billes ou à crayons. L'usure de ces billes est rare mais pas impossible, surtout si la charge de travail a été sous-estimée. Le réa de la poulie risque alors de se bloquer, ou pire, la poulie peut exploser. Si celle-ci se trouve sur le chemin d'une bastaque qui tient le mât, c'est le mât qui casse !

Les vérifications d'entretien concernent tous les mécanismes, les appareillages motorisés et les instruments du bord. Plus le bateau navigue et plus les pièces à vérifier ou à changer se multiplient. Ce fut le cas à l'occasion du grand chantier de l'hiver 1999-2000 et durant celui de l'été 2000, puisque *Whirlpool* comptait déjà deux années de navigation, ce dernier chantier devant permettre à l'équipe technique, autour de Luc Bartissol, de préparer le bateau pour son objectif principal, le Vendée Globe.

Au-delà de l'entretien courant, les milles accumulés permettent de déterminer les améliorations à apporter pour faciliter la manœuvre, perfectionner la marche du bateau ou la vie à bord, ou encore renforcer la sécurité. Il s'agit de tirer les leçons de chaque navigation, en course comme à l'entraînement.

Entre sa mise à l'eau fin août 1998 et le départ du Vendée Globe, *Whirlpool* a ainsi bénéficié d'un grand nombre de transformations qui font de lui un engin sûr et performant au départ de « la course de sa vie ». Les fixations des chandeliers sont renforcées ; ces derniers sont rehaussés, et avec eux les filières, afin d'augmenter la sécurité sur le pont. Les cale-pieds du cockpit sont plus larges ; le volume sous la casquette est mieux protégé et des poteaux permettent de mieux se tenir dans le grand cockpit comme dans le carré. Des ballasts arrière (avec leur système de prise d'eau et d'évacuation) confèrent au bateau une meilleure assise aux allures portantes. Un moulin à café devrait faciliter les manœuvres. Il a fallu retirer le capot arrière sur le pont pour faire place à une grosse antenne de Standard B qui autorisera les communications en phonie depuis n'importe quel point du globe, et permettra d'envoyer des images vidéo compressées. La structure de la coque a été entièrement radiographiée puis renforcée aux endroits sensibles. Le circuit d'assèchement (pompes de cales et tuyauterie) est entièrement neuf, de même que le moteur des vérins hydrauliques de la quille, installé à une hauteur qui le protège mieux des projections d'eau. Le capot de puits de quille est plus hermétique et les batteries siègent désormais sous le cockpit, dans une grande caisse stratifiée en fond de coque… Et même deux mois avant le départ, il a encore fallu changer la quille, victime d'une usure prématurée du métal !

On pourrait s'étonner qu'il faille apporter autant d'améliorations à des engins de course conçus par les meilleurs architectes, selon le cahier des charges de skippers expérimentés, et construits avec des précautions d'orfèvre par les techniciens les plus aguerris... Mais il ne faut pas perdre de vue que ces voiliers de compétition sont des prototypes, des Formules 1 de la mer, voués à la performance et à l'excellence, « réinventés » après chaque course, et qu'ils constituent de véritables laboratoires pour la voile de plaisance. Ce qui ne signifie pas que nous ne ferions pas volontiers l'économie – en termes d'énergie et de coût financier – d'un certain nombre de ces interminables mises au point !

Et que fait le skipper pendant les travaux ?... La question revient souvent, car nos bateaux séjournent longtemps dans les chantiers ou en préparation au port, et le public nous voit souvent loin des flots. Il est vrai que, entre la première mise à l'eau de *Whirlpool*, fin août 1998, et le départ du Vendée Globe début novembre 2000, j'ai navigué environ 180 jours seulement sur les 800 jours d'existence du bateau, soit moins d'un quart du temps.

Pourtant, contrairement à ce que j'entends parfois, nous ne sommes pas toujours en vacances ! Skipper de bateau de course est un véritable métier, qui n'autorise guère les temps morts. Pendant des années, je n'ai pas pu ou pas su insérer de pauses dans ma vie de navigatrice professionnelle, et j'apprends à m'accorder de véritables vacances seulement depuis le retour du Vendée Globe en 1997.

Quand le bateau est à l'eau, je navigue, avec l'équipe technique ou en solitaire, et nous assurons les détails de calibrage, de réglage, avant de gagner le large pour des plages de mise au point plus longues. Pendant la durée des chantiers, mon travail s'inscrit dans trois domaines différents : le bateau lui-même (contact avec les fournisseurs, bricolage à bord – quoique j'y consacre trop peu de temps, étant justement trop occupée par le reste), la préparation aux courses (météo, entraînement physique, préparation mentale, mécanique, formation médicale...), et l'environnement de la course au large (recherche de partenaires, relations avec la presse et les sponsors, interventions dans des séminaires, des festivals, écriture...).

Je jongle en permanence avec ces différents domaines d'activité, et c'est sans doute cela, la grande difficulté de ce métier. Je consacrerais volontiers plus de temps à travailler à bord, même si je suis loin de posséder les compétences des garçons de mon équipe. J'apprécie de me frotter à la technique et de mettre les mains dans la colle, par curiosité comme par intérêt. D'ailleurs, il est nécessaire que je connaisse le fonctionnement des différents équipements du bateau pour faire face aux avaries en course.

Jusqu'à ce bateau, je n'avais jamais disposé d'autant de temps pour concevoir, construire, mettre au point et au bout du compte naviguer. J'enchaînais les courses à bord d'unités préparées à la hâte et ce fonctionnement laissait peu de place aux grands travaux. Une année de conception et de construction, puis deux années de navigations et de chantiers alternés : je réalise aujourd'hui que disposer de son propre bateau ne signifie pas forcément être plus souvent sur l'eau. Mais là encore, c'est sans doute le prix à payer afin d'être prête le 5 novembre aux Sables d'Olonne.

Échecs et victoires

Sur la route qui doit me conduire au départ de mon deuxième tour du monde, les transats en solitaire (Route du Rhum, Europe 1 – Newman – Star) ou en double (transat Jacques Vabre), tout comme la course de l'Europe ou le Fastnet en équipage, sont avant tout des épreuves d'entraînement, des terrains d'expérimentation permettant de tester les choix architecturaux ou techniques. Mais quand l'échéance d'une course arrive, celle-ci devient inévitablement la priorité du moment, et mon objectif est alors autant de gagner que de courir pour me préparer dans la perspective du Vendée Globe.

Je peux certes m'enorgueillir de la victoire que nous avons décrochée en août 1999 dans la course du Fastnet. Depuis soixante-quinze ans que se dispute la célèbre épreuve britannique, c'est la deuxième fois seulement qu'un bateau français l'emportait, la première victoire tricolore ayant été celle d'Éric Tabarly en 1967. J'ai de quoi être fière, mais je sais qu'entre l'île de Wight et le phare du Fastnet, *Whirlpool – Europe 2* a bénéficié de conditions météo plus favorables pour ses caractéristiques que pour celles des grands maxis que nous avons battus et laissés pantois (au point qu'ils ont porté réclamation, à juste titre, mais sans obtenir gain de cause). D'aucuns diront qu'à moins de partir sur les mêmes engins et sur une route imposée, la victoire tient précisément à une météo propice et à un bateau adapté, pourtant je ne peux m'empêcher de considérer le Fastnet comme une victoire imparfaite.

Depuis que je participe à des courses à la voile, j'ai toujours eu envie de gagner. J'ai compris cependant, depuis quelques années seulement, que ma venue tardive à la compétition, ainsi, peut-être, que l'ignorance absolue de l'esprit de compétition qui me caractérise dans la vie à terre (je n'aimais déjà pas, à l'école, la hiérarchisation des élèves par leurs notes), avaient sans doute gêné mon accès aux podiums et demeuraient un handicap.

Les seules victoires de ma “carrière” de navigatrice ont été remportées lors de la deuxième saison que j’ai courue en Mini-Transat. Déjà, au départ du Mini-Fastnet ou du National Mini de 1992, je disposais de l’un des bateaux les plus rapides de la flotte.

Entre ces deux épreuves victorieuses, dans la course en solitaire Vannes – Les Açores – Vannes je terminai en tête le parcours aller, mais je laissai la victoire finale m’échapper au retour des Açores. Un peu à la manière d’un sprinter qui ralentirait avant d’avoir franchi la ligne de la délivrance, en tête à vingt-quatre heures de l’arrivée, et persuadée d’avoir relégué mon adversaire le plus dangereux loin derrière, je m’étais relâchée, naviguant un peu sous-toilée, épuisée par huit jours de mer et de tempête pratiquement sans dormir ni lâcher la barre. Quand j’avais réalisé que la victoire allait passer dans le camp de Thierry Fagnent, à la barre d’un sister-ship de mon bateau, je m’étais précipitée sur le grand spi et j’avais renvoyé la grand-voile haute, désespérée. Mais il était trop tard, et je n’ai cessé de pleurer, de Belle-Ile à la ligne d'arrivée située devant l'entrée du golfe du Morbihan.

Je m'étais juré que cette défaite – je ne parvenais pas à me contenter de la deuxième place – me servirait de leçon. Mais avec le recul, je crois qu'elle a mis bien longtemps à porter ses fruits, et je ne suis toujours pas certaine de ne pas réitérer les mêmes erreurs.

Au retour du Vendée Globe, en 1997, j'ai souvent été présentée comme la concurrente qui venait d'accomplir un voyage initiatique mais qui préférait laisser la compétition de côté. Sans doute ai-je contribué à créer cette image puisque j'étais partie sans expérience des mers du Sud et sans réellement connaître le bateau que je venais de louer.

Je m'attaquais à gros calibre, des navigateurs chevronnés, certains s'élançant à bord de bateaux moins compétitifs que ceux des favoris, Christophe Auguin, Yves Parlier ou Isabelle Autissier. Malgré tout, pendant toute la durée de la course, à l'exception des périodes où je me suis sentie véritablement en survie, j'ai toujours eu à cœur d'aller plus vite que mes concurrents les plus proches. J'ai d'ailleurs très mal supporté de me faire doubler par Pete

Goss dans l'Atlantique Sud et d'arriver aux Sables d'Olonne à peine une heure derrière lui, après cent quarante jours de mer.

Aujourd'hui, alors que je vais repartir autour du monde sur l'un des bateaux les plus rapides de la flotte, dans une course pour laquelle je me prépare depuis trois ans, j'ai une réelle ambition sportive. Je me suis posé beaucoup de questions au cours de la saison 1999, dont celle-ci : j'ai envie de gagner le Vendée Globe, mais la victoire est-elle compatible avec moi ? J'ai ainsi pris la mesure du complexe que je m'étais créé, sans doute faute d'avoir pratiqué la compétition en dériveur lorsque j'étais enfant, à l'inverse de la majorité des coureurs au large. Un complexe sans doute amplifié à l'idée de me retrouver sur la ligne de départ aux côtés de marins que j'admire depuis longtemps et dont le palmarès foisonne de victoires.

C'est ainsi que j'ai jugé nécessaire de consacrer du temps à lutter contre cette tendance à me sous-estimer – d'abord sans trop savoir par quel moyen. Parallèlement, j'ai décidé de développer une préparation physique qui me paraissait insuffisante en regard de la maîtrise exigée par un bateau aussi puissant que *Whirlpool – Europe 2*.

Jusqu'alors, j'entretenais ma condition physique aussi souvent que mon emploi du temps m'en laissait le loisir, en ayant la chance d'habiter la campagne morbihannaise où je peux pratiquer les sports de plein air, et avec le soutien de la Thalasso de Carnac qui m'accueille dans sa salle de musculation et sa piscine d'eau de mer chauffée. Mais arrivée à ce stade de mon challenge, j'ai ressenti le besoin de connaître d'abord le jugement d'un entraîneur travaillant avec des sportifs de haut niveau – bien que je n'aie pas du tout le sentiment d'être une athlète d'élite –, pour ensuite écouter ses conseils. Par ailleurs, si je bénéficie déjà d'un suivi et de compléments nutritionnels grâce aux laboratoires Starvital, ainsi que de l'accompagnement médical du docteur Chauve lors des courses, il m'a semblé que l'engagement physique et mental que j'allais connaître au cours du Vendée Globe nécessitait les conseils d'un médecin, là encore familier des exigences du sport de haut niveau.

À l'issue de la transat Jacques Vabre, j'ai pris le taureau par les cornes et j'ai mis tous les moyens en œuvre pour travailler le physique comme le mental : ma détermination forçant probablement le hasard, il m'a été donné de rencontrer coup sur coup les trois personnes qui allaient m'aider à progresser dans cette direction : Tiburce Darrou pour l'entraînement physique, Marc Saramito pour le suivi médical et Caroline Montrelay, qui pratique le coaching, pour la préparation mentale.

Le travail que j'ai effectué avec chacun d'entre eux depuis le début de l'année 2000, et que j'ai poursuivi jusqu'au départ du Vendée Globe, a eu pour premier effet de m'aider à dresser un état des lieux de mes qualités et de mes faiblesses. Il m'a amenée à déceler en moi les forces qui me permettront d'avancer vers mon objectif. Le coaching m'a insufflé une plus grande confiance en moi et me pousse à considérer que mon objectif est accessible. Ma préparation physique laisse encore à désirer, car je ne parviens toujours pas à être très assidue, mais l'analyse et les conseils de Tiburce Darrou m'ont éclairée sur mes moyens et ils me motivent. Le bilan médical réalisé avec Marc Saramito, puis le programme mis en œuvre pour combler les carences dont je souffrais, ont déjà prouvé leur efficacité lors de la transat anglaise.

Au départ de la transat Europe 1 – Newman – Star, à Plymouth, le 4 juin 2000, je me sens prête. Tout l'hiver, j'ai travaillé le corps, l'esprit, et les connaissances météo. Mais ces acquis ne vont malheureusement pas remédier au manque de navigation. Je ne me suis pas suffisamment entraînée à bord de mon bateau avant la course, c'est une évidence : les retards du chantier ne m'ont accordé que trois jours de mer pour reprendre en main ma Formule 1. Amplement modifié, et notamment alourdi par un supplément de plomb dans la quille, *Whirlpool* est redevenu pour moi un étranger alors que nous allons prendre ensemble le départ de cette transat en solitaire entre Plymouth (Grande-Bretagne) et Newport (États-Unis).

Les conditions de vent moyen des premières heures me permettent toutefois de me maintenir dans le peloton de tête. Et quand la première dépression menace sur les cartes météo, je suis en confiance. J'ai essuyé d'autres coups de tabac avec ce bateau, notamment les cinq d'affilée qui ont "agrémenté" la Route de Rhum. Depuis, nous avons réduit la surface des voiles de *Whirlpool*. Je m'attends à affronter des vents à 45 nœuds derrière le front froid et cela me paraît gérable.

Mais quand la dépression touche ma longitude, le vent monte brutalement à 55 nœuds et, comme il se doit, bascule au nord. Je suis trop toilée, le bateau est couché sur son flanc tribord, mais il m'est impossible de prendre un ris dans la trinquette car la plage avant est submergée par les vagues. La priorité est de virer de bord, puisque le changement de direction du vent a incliné mon cap au nord, à quatre-vingt-dix degrés de ma route. J'actionne le moteur de la quille, ce qui la remet dans l'axe, mais incline davantage encore le bateau. Le pont présente une inclinaison si proche de la verticale que je ne peux me déplacer autrement qu'à quatre pattes ou en rampant sur mes fesses !

Dans ces conditions, passer sur l'autre bord est loin d'être évident. Pour m'en sortir, lorsque je pousse la barre, je conserve ma trinquette à contre afin d'aider le bateau à virer. Ouf ! C'est réussi ! Je pars alors en fuite, plein vent arrière. Je préfère attendre que le vent mollisse un peu avant de reprendre ma route, d'autant que sur ce bord, je devrai affronter les vagues en face. Je privilégie la sécurité plutôt que la course, et file à grande vitesse, plein sud.

Quelques heures plus tard, la mer et le vent se sont un peu calmés et j'ai remis *Whirlpool* sur le bon cap... Mais soudain, depuis la table à cartes où je travaille ma stratégie météo, j'entends un impressionnant bruit de voile qui claque sur le pont. Par la bulle sous le vent, j'aperçois le solent totalement déroulé. Les écoutes sont secouées avec violence par la voile qui bat dans les 30 nœuds de vent. J'enfile mon ciré à la hâte, décroche le pilote automatique en reprenant la barre et abats en grand, plein vent arrière afin de diminuer le vent apparent. Je tente alors d'enrouler la voile rebelle, mais elle se déroule à nouveau. La deuxième tentative connaît le même échec. J'enfile alors ma brassière de sécurité avec sa sangle et gagne la plage avant. Là, je constate que des boulons ont disparu. Impossible d'enrouler la voile sans ce mécanisme, mais je n'ai pas de pièces de rechange. J'avais subi le même incident au cours du Vendée Globe, mais je n'ai pas emporté pour autant le kit de secours qui m'aurait tirée facilement de ce mauvais pas. Toutefois, si je regrette de n'avoir pas mieux enregistré la leçon, je me souviens que je m'en étais tiré en sciant des tiges filetées en guise de boulons...

La réparation va durer quatre heures, le temps de tailler les pièces, de les insérer correctement, de tourner le bout de l'enrouleur autour du tambour une vingtaine de fois, le tout par 25 nœuds de vent et à bord d'un bateau qui surfe dans les vagues et soulève des gerbes d'eau... Mais je sors de la bataille victorieuse et fière d'avoir surmonté la difficulté.

Même si cette victoire me réconforte pour quelques heures, pourtant je m'en veux de cette négligence qui me coûte d'être reléguée à la huitième place. Mon moral est au plus bas.

Incapable de retrouver l'harmonie avec ma machine, je me mets à douter. Toutes les bonnes résolutions prises à terre n'ont plus ni sens ni efficacité face à la réalité de la situation : j'ai perdu ma confiance en moi et en mon bateau. Il est décidément bien trop fougueux pour aller flirter avec les déferlantes du Grand Sud. Je peine à retrouver l'énergie et la motivation pour me battre et je ne parviens pas à mettre en œuvre les outils que je me suis forgée pour remonter à la surface. Seuls l'amitié et les mots justes de mon entourage me permettent de reprendre pied.

Je réussis cependant à rester concentrée sur l'évolution météo. Reléguée loin des leaders, j'adopte une stratégie qui m'aurait semblé judicieuse même si je n'avais pas eu un tel retard à combler. N'ayant rien à perdre, je tente ma chance, avec succès, et, un front froid plus tard, j'ai rejoint la tête de la flotte. Le moral suit la pente du baromètre, mais celui-ci n'en finit plus de monter. À son tour *Whirlpool* se retrouve englué dans les eaux calmes de l'anticyclone et y demeure plus longtemps que *Kingfisher* d'Ellen Mac Arthur, qui mène la danse depuis plusieurs jours, et que *Sill* de Roland Jourdain, le sister-ship de mon bateau. D'autres concurrents menacent derrière.

À trois jours de l'arrivée, sauf avarie, la victoire semble acquise pour Ellen, mais rien n'est joué pour les deux autres marches du podium. Je réussis à étouffer mon énorme déception – je n'avais pas envisagé d'autre place que la première – et trouve une nouvelle motivation pour m'accrocher au podium. Mais une bulle anticyclonique freine une fois de plus ma progression. L'épreuve est douloureuse pour les nerfs, et je n'ai pas encore tout vu...

Quelques heures après être doucement repartie, je peux enfin envoyer mon grand spinnaker Titeuf. Je marche alors à 12 nœuds environ, lorsque soudain, le bateau est stoppé net. Dans la cabine, je suis projetée contre le meuble de la cuisine, sans me blesser heureusement. Je me précipite dans le cockpit, déconnecte le pilote automatique, et empoigne la barre. Interloquée, j'aperçois dans l'eau une masse que je suis incapable d'identifier – je conclurai par la suite, en le déplorant, que *Whirlpool* a probablement heurté un mammifère marin. Je remets le pilote en service et décide d'affaler le spi, car la barre est devenue dure, presque impossible à manœuvrer.

C'est dans la nuit seulement que je constaterai la rupture de la mèche de safran[13] au niveau de la liaison de la coque. Mais la "pelle" est toujours là, qui pendouille lamentablement. Virer, empanner, faire route... devient périlleux, surtout quand le vent faiblit. Parfois incontrôlable, le bateau accomplit un tour entier, un « trois cent soixante », comme disent les régatiers. À ce rythme, je peux dire adieu au podium ! Mon objectif devient dès lors d'achever cette traversée en course. Je dois avaler mon amertume et, de plus, m'armer de patience.

---

13. La tige supérieure du gouvernail sur laquelle est fixée la barre.

Dans de semblables conditions, les trois derniers jours de navigation sont un calvaire. Je pense à l'équipe qui m'attend à Newport, et qui doit être affreusement déçue.

Avec du recul, le bilan de ma deuxième participation à la transat anglaise est honorable. Les amis ou commentateurs qui essaient de m'en convaincre ont probablement raison. Pour m'aider à faire le deuil de l'arrivée classée dont je rêvais, j'essaie de tirer les enseignements de l'épreuve à quatre mois du départ du Vendée Globe.

Plus jamais je ne m'engagerai dans une telle course sans avoir pu m'entraîner en mer. Quant à ma mauvaise appréciation de la première dépression, elle a été compensée par mes bons choix météos ultérieurs. Pour le tour du monde, je décide de faire installer un moulin à café, qui augmentera mon efficacité sur les winches et une trinquette sur enrouleur, afin de ne plus avoir à manœuvrer sur la plage avant dans le gros temps. Il est également prévu de doter le bateau d'un safran de secours que je pourrai mettre en place en cas de rupture de l'un des deux gouvernails à poste.

Je profite du convoyage retour entre Newport

et Lorient pour essayer de retrouver l'harmonie avec mon bateau. Luc m'accompagne à bord, mais il joue le jeu de ne toucher à rien pendant les manœuvres, à l'exception de la caméra – qu'il manie d'ailleurs fort bien –, afin que je m'entraîne en situation de solitaire. Le tableau est parfois cocasse, mais la formule est extrêmement constructive : Luc peut ainsi observer mes gestes et me prodiguer ses conseils.

Quel bonheur aussi de ne plus se faire brutaliser par les mouvements saccadés du bateau en carbone qui tape les vagues. Pendant les deux tiers de cette traversée ouest-est, le vent qui souffle du sud-sud-ouest propulse *Whirlpool* à 15 nœuds de moyenne, avec des pointes régulières au-delà de 20 nœuds. C'est l'allure préférée de notre belle machine et c'est un vrai plaisir de la sentir s'envoler sur les vagues, avec puissance et fermeté parfois, mais sans violence. Je voudrais être alors un oiseau afin de pouvoir l'observer de l'extérieur. Au cours de ce convoyage, m'inspirant d'une habitude de Luc, j'ai pris goût à m'installer debout, au vent, près de la bastaque qui tient le mât sur l'arrière. C'est un poste idéal pour suivre l'évolution du bateau sur les vagues. Les conditions clémentes des derniers jours ont l'avantage de ne plus inonder le pont, à défaut de nous offrir de la vitesse. Mais il est agréable de ne plus avoir à enfiler son ciré pour aller régler une voile ou même effectuer une manœuvre sur la plage avant.

Quelques jours après notre retour en France, j'ai enfin droit à une semaine de vacances avec mon fiancé. Où allons-nous nous enfuir pour couper les ponts avec mon activité et nous retrouver en tête-à-tête ? La montagne nous tente ; nous hésitons... Et finalement nous décidons de louer un bateau ! Cela peut en étonner plus d'un de nous voir retourner en mer, nous les navigateurs, à peine débarqués d'une course. Mais vivre la mer en croisière est totalement différent de ce que nous connaissons en compétition. Nous prenons alors le temps de rêver, les yeux perdus sur l'horizon, sans se soucier des réglages ; nous choisissons nos mouillages, profitons des beautés du littoral, tentons même notre chance en laissant traîner une ligne... Je veux aussi pouvoir partager mes bonheurs de mer avec ceux que j'aime. Les amener à comprendre ma passion. Et je n'oublie pas non plus que mon amour de la voile est né en croisière, avec le plaisir de quitter un port pour voguer à la rencontre d'un autre et découvrir en toute liberté d'autres lieux ou d'autres gens. Je sais d'ailleurs que je retrouverai cette vie nomade et curieuse en mer lorsque je serai allée au bout de mon parcours dans la course au large.

Au-delà de mes horizons

Depuis dix bonnes minutes, Raphaël est paralysé par la peur de se jeter dans le vide. J'ai mal pour lui. J'ai beau me dire qu'il ne risque rien, que sa sécurité est assurée et qu'au pire, si le lien casse, il tombera dans l'eau d'une hauteur raisonnable, je devine l'angoisse qui l'étreint. Le skipper du Vendée Globe doit se souvenir des heures d'épouvante qu'il a endurées dans l'océan Indien, alors qu'il se trouvait relié par une pauvre sangle au mât de son bateau en train de couler...

En choisissant Raphaël Dinelli pour l'épreuve du saut à l'élastique, les producteurs savaient qu'ils garantissaient l'intensité dramatique de la séquence. Ils sont servis !

Une première fois, Raphaël hésite et se

rattrape au bastingage. Lorsqu'il se résout enfin à s'élancer, avec un réflexe désespéré il tente encore de se retenir, mais ses mains accrochent le vide, et le voilà parti dans un grand saut qui lui arrache un cri à s'en faire éclater les poumons.

Depuis le début du tournage de *Fort Boyard*, notre équipe franchit les étapes victorieusement. Anne a résolu l'énigme du père Fouras, Lionel a résisté aux charmes de la sauvageonne, Frédéric a escaladé la paroi du fort, Olive a plongé dans les eaux vertes de l'Atlantique, et j'ai affronté les tigres dans leur cage... À l'issue des épreuves, nous découvrons le mot mystérieux et nous nous organisons pour récolter le maximum de pièces d'or. Notre méthode s'avère efficace puisque nous amassons l'équivalent de 157 000 francs, l'un des meilleurs scores de l'émission.

Avec cette somme, le professeur Francine Leca va pouvoir opérer trois enfants dans le cadre de l'association Mécénat Chirurgie Cardiaque Enfants du monde.

Lorsque, au retour du Vendée Globe, j'avais été sollicitée pour participer à *Fort Boyard*, j'avais d'abord pensé refuser, car les jeux télévisés, en général, ne me semblent guère passionnants. J'avoue que je n'avais jamais vu *Fort Boyard*, dont le principe est de permettre à une équipe réunie autour d'un invité "vedette" de gagner de l'argent au profit de l'association caritative de son choix, en participant à des épreuves sportives.

C'est Anne Combier qui m'avait suggéré de jouer au profit de l'association du professeur Leca : « Ce qu'ils ont entrepris est formidable. Ils ont besoin de se faire connaître, et puis, tu verras, quand tu rencontreras Francine Leca, je suis sûre que tu seras séduite... », m'avait-elle assuré.

Anne connaît bien ma sensibilité et j'ai confiance en son jugement. Il est rare que je ne partage pas son point de vue sur un individu. Quant à l'action de l'association, son caractère concret et immédiat me plaisait, de même que l'implication directe des familles d'accueil. J'avais donc rencontré le professeur Leca à l'occasion du premier anniversaire de Mécénat Chirurgie Cardiaque et effectivement, j'avais été éblouie par la personnalité de cette femme qui est le charisme incarné.

C'est ainsi qu'avec une équipe de marins, nous avons été fiers d'apporter notre modeste contribution au Mécénat Chirurgie Cardiaque en participant à *Fort Boyard*.

Ayant sans doute perçu que mon intérêt pour son action n'était pas de circonstance, à l'issue du tournage de l'émission, Francine Leca me propose d'assister à l'opération d'un enfant, « à cœur ouvert ».

À l'hôpital Laennec, en août 1997, affublée de toute la panoplie de rigueur dans un bloc opératoire, j'ai le sentiment de vivre une expérience exceptionnelle.

« J'aurais souhaité te montrer un joli cœur... regrette Francine. J'ai déjà opéré cet enfant, il y a quelques années, mais depuis, il s'est formé des adhérences entre le muscle cardiaque et la paroi abdominale. Lors de la première intervention, je lui avais posé une espèce de rustine que je dois changer aujourd'hui, car le gamin a grandi et son cœur aussi... »

Perchée sur un tabouret en retrait du champ opératoire, les yeux écarquillés derrière des lunettes protectrices, mon cœur à moi au bord des lèvres, j'observe ébahie et bouleversée tous les gestes du professeur Leca. La décontraction qui accompagne leur précision me subjugue.

Pendant que nous parcourions les couloirs de l'hôpital entre son bureau et la salle d'intervention, et durant tout le temps du long rituel du brossage de ses mains, Francine n'a cessé de m'interroger sur mes projets. Dans quelques instants, elle allait opérer le cœur d'un enfant et nous papotions de sujets soudain bien insignifiants à mes yeux. J'ai répondu à ses questions l'esprit encore concentré sur le schéma qu'elle venait de tracer afin que je comprenne le déroulement de l'opération.

Bien sûr, l'enfant n'est pas visible : il est entièrement protégé par les draps du champ opératoire. Son thorax a déjà été ouvert par le chirurgien assistant.

Francine s'est emparée de la scie circulaire pour agrandir l'ouverture... Pendant les premières minutes, je m'efforce de respirer à fond afin de ne pas tourner de l'œil. Désormais, je suis concentrée sur ce cœur qui bat sous mes yeux.

Le muscle cardiaque libéré de ses adhérences, Francine doit le vider de son sang afin de pouvoir intervenir sur la membrane. Les manipulations qui suivent sont extrêmement délicates, car il s'agit de couper les artères et de les brancher sur la machine qui va assurer le relais du cœur et des poumons. Le chirurgien exige la concentration totale de l'équipe d'intervention...

Je pense alors qu'elle ferait un excellent skipper : la réflexion est rapide et les ordres sont précis. Mais je réalise aussi qu'en mer, finalement le marin dispose de temps pour prendre une décision, et qu'il est rarement acculé à des choix instantanés.

Le professeur Leca découpe maintenant la portion du cœur à changer, puis taille dans un tissu en Kevlar la "pièce de rechange", après avoir dessiné à l'aide de son fil chirurgical la forme du trou à rapiécer. Décidément, cette fibre aramide est bien précieuse, puisqu'elle est employée aussi bien en chirurgie qu'en voile (coque, voiles ou cordages), ou encore pour fabriquer des gilets pare-balles.

Pendant toute la durée de l'intervention, je n'ai cessé de m'interroger : qui, d'elle ou de moi, prend le plus de risques dans la vie ? Moi, qui m'expose ponctuellement au danger parce que j'ai choisi de vivre ma passion du large, ou elle qui tient la destinée d'autrui entre ses mains à chaque opération ?

Je constate également que pour mener à bien nos projets respectifs, nous avons besoin du soutien de mécènes en ce qui la concerne, de sponsors pour ma part. Si je bénéficie d'un éclairage médiatique qui justifie l'investissement de mes partenaires, Francine, elle, doit créer l'événement pour faire connaître son association et motiver la générosité des donateurs. Devant ce qui m'apparaît comme une injustice et qui, dans un premier temps, me met mal à l'aise, je ressens moins la honte que le sentiment de me consacrer à une passion égoïste. Toutefois, j'estime exercer un métier à part entière. Des entreprises communiquent et se mettent en valeur à travers mes aventures. Or les valeurs que la course au large véhicule ne sont pas totalement inutiles dans notre société. C'est le décalage de médiatisation entre mon activité et l'action essentielle de Mécénat Chirurgie Cardiaque qui est regrettable.

En quittant l'hôpital Laennec, ma décision est prise : avec les moyens qui sont les miens, je veux soutenir Francine Leca dans son action. Dorénavant, j'associerai Mécénat Chirurgie Cardiaque à toutes mes initiatives, à commencer par le bateau à venir et les courses au départ desquelles il s'alignera. J'ai été sollicitée par de nombreuses structures humanitaires, mais je préfère m'investir dans une seule cause, à laquelle je puisse offrir autant de disponibilité que possible, plutôt que de disperser ma présence et mon aide à tous vents.

Francine Leca est donc la marraine de mon bateau et celui-ci porte les couleurs de Mécénat Chirurgie Cardiaque.

Depuis trois ans, l'association a notamment créé le cross du Cœur, disputé chaque année dans le cadre du cross du Figaro, et le bateau avec lequel Lionel Lemonchois a couru la Mini-Transat 1999, portait lui aussi les couleurs de Mécénat Chirurgie Cardiaque.

Autour de moi, d'autres ont souhaité aider l'association, financièrement ou en donnant de leur temps, comme mes parents qui accueillent des enfants devant être opérés. À travers eux, j'ai pu apprécier l'importance de l'engagement de ces familles sans qui l'association n'existerait pas.

Le 5 novembre 2000, en franchissant la ligne de départ, je penserai à Francine Leca ainsi qu'aux enfants en attente d'une intervention, et je me battrai pour que l'on s'intéresse à leur sort pendant mon tour du monde, puisque j'aurai la chance, moi, d'attirer l'attention des médias.

Une autre action en relation les enfants me tient à cœur depuis deux ans. Moi qui n'ai pas d'enfants, dois-je y voir un signe ?

Après le tour du monde, j'ai eu plusieurs fois l'occasion de rencontrer des enfants qui avaient suivi, avec leur classe, parfois durant toute une année scolaire, notre trace sur la planète. J'ai été étonnée par la somme des connaissances qu'ils avaient assimilées à travers notre aventure, qu'il s'agisse d'informations directement liées au bateau, à la navigation et à la météo, ou de sujets parallèles, concernant les pays longés, les animaux marins, les grands navigateurs, sujets que notre tour du monde avait donné prétexte à aborder. Mais plus encore, j'ai été touchée par le bonheur manifeste avec lequel les enfants avaient acquis ce savoir.

Dès lors, j'ai eu envie d'encourager d'autres initiatives de ce genre et d'aider les enseignants qui voudraient s'appuyer sur mes courses pour éveiller l'intérêt des enfants. C'est ainsi que m'est venue l'idée des « projets pédagogiques », mais j'avais bien sûr besoin d'aide pour qu'elle se concrétise. Notre premier « kit pédagogique » a vu le jour à l'occasion de la transat

Le Havre – Carthagène, grâce à la société Jacques Vabre, partenaire de la course, à Jacques Gautier, maire de Garches et vice-président du conseil général des Hauts-de-Seine, aux éditions Glénat, aux éditions Mango et à une amie institutrice, Frédérique Lesprit.

Pendant le Vendée Globe 2000, deux mille classes de CM2 réparties dans tout l'hexagone pourront suivre notre tour du monde à la voile grâce aux kits pédagogiques.

Mon ambition n'est pas de susciter des vocations de coureurs au large, mais seulement de permettre à des enfants d'apprendre des connaissances concrètes de manière ludique. Par l'intermédiaire de cet outil de découverte, je souhaite également promouvoir des valeurs qui me sont chères : la liberté, la responsabilité, l'esprit d'équipe, le respect de l'environnement... Et puis, après avoir écrit un livre pour en témoigner, je veux continuer à dire à tous, aux enfants comme aux plus grands, qu'il faut croire en ses rêves, croire que les projets les plus fous sont possibles, et se donner corps et âme pour qu'ils se réalisent.

La vie est la plus forte

« Autour de nous, la mer est une furie, le vent balaie la surface des vagues comme du sable dans le désert. Nous passons dans les grains en aveugle. Des murs d'eau s'abattent sur nous. Le paysage est absolument fantastique ; j'espère pouvoir l'oublier.

La disparition de Paulo est un choc moral extrêmement douloureux. Nos gorges sont nouées, nos yeux brûlés par le sel sont humides de larmes.

On est tristes. On n'en parle pas. On ne parle pas. On sait qu'on risque ça aussi. On est en plein dedans.

Je ressens la mer qui a emporté notre ami comme une menace permanente pour ma vie et celle de Catherine.

Au moment où nous avons appris le drame,

nous déboulions à 18 nœuds; nous avons passé la nuit à 12 nœuds, parce qu'on ne peut pas surfer sur ce grand linceul noir et pleurer en même temps.

Hier, pour la première fois, je me suis demandé ce que je foutais là. J'avais peur. Et ce p... de vent qui nous hurlait dans les oreilles, on aurait dit un sale ricanement.

Au revoir Paulo[14].

Parler de notre nuit paraît complètement hors sujet. Je vais quand même le faire, parce que je suis payé pour ça et que "the f... show must go on!"

Hier, c'était dantesque: la mer, le bruit terrifiant, les hurlements du vent quand il montait à 55 nœuds dans les grains.

Manger était utopique, dormir illusoire. Il fallait tenir...

Luc,

22 octobre 1999, transat Jacques Vabre »

Quand j'ai débuté dans la course au large, je tenais la voile pour un sport sans grands

---

14. Paul Vatine a disparu en mer lors de la transat Jacques Vabre 1999.

dangers, et les disparitions pour des drames exceptionnels.

En 1991, pendant la Mini-Transat que je dispute à bord de mon premier bateau *Whirlpool*, deux concurrents disparaissent au cours de la première étape. Terriblement marquée par l'horrible fin qu'ont dû connaître mes camarades, je réalise que ma passion peut être dangereuse. Par inconscience, par excès de confiance ou instinct de préservation, j'avais jusqu'alors éludé la question en ce qui me concernait.

Marie-Agnès, Philippe, Gerry, Éric, Nicolas, Paulo… Aujourd'hui, quand l'un d'entre nous « fait son trou dans l'eau », je pense : à qui le tour ? Meurtris, révoltés, impuissants, nous enrageons en silence de l'injustice d'un marin arraché aux siens par la mer.

L'océan nous rappelle que nous devons composer avec lui, avec ses déchaînements. La mer, qui sait être si douce parfois, la mer peut soulever des vagues en montagnes déferlantes. Les humains, leurs embarcations, sont alors ses jouets. La disparition de l'un des nôtres nous prouve que notre peur n'est pas inutile, qu'il faut redoubler de vigilance, faire le gros dos et fuir, oublier la course pour survivre.

« Pourquoi repartez-vous ? », nous demande-t-on souvent. Et pourquoi renoncerions-nous ? Les accidents en montagne n'ont pas raison de la passion des alpinistes qui s'élancent vers les sommets. De même que nous continuons à fréquenter les routes malgré les milliers de morts qu'elles engendrent. Quel que soit le risque encouru, nous ne voulons pas croire à la fatalité. Alors, malgré la colère et la douleur, nous repartons.

Les dangers auxquels je m'expose en courant seule un long tour du monde sans escale ni assistance sont évidents. Les miens les connaissent. Mais ils acceptent mon choix car ils constatent les joies et les richesses qui l'accompagnent. Ils me savent prudente et raisonnable et ont confiance dans mes ressources. Plus qu'une simple acceptation, leur soutien indéfectible me rend le départ plus léger.

Je n'oublie pas non plus que, durant mon premier tour du monde, moi aussi je me suis inquiétée pour eux. À mon retour, j'ai pris la mesure des angoisses que nous avions endurées de part et d'autre et me suis demandé si nous pourrions supporter une nouvelle fois cette épreuve. Et pourtant, je repars... Et je continuerai de penser à ceux qui nous ont quittés, à la femme, à l'enfant ou à l'ami qu'ils ont laissé et qui continue à vivre à terre avec l'absence.

Cependant, avec l'âge, les courses accumulées et les amis perdus, je ressens désormais chaque accident comme une fatalité intolérable. Est-ce mon inconscience qui s'émousse ou la réalité qui m'impose d'y voir clair, mais je ne parviens plus à écarter de mon esprit l'hypothèse de ma propre disparition.

Je pense alors et avant tout à ma famille et à ceux que j'aime. Pour ma part, lucide ou inconsciente, j'ai choisi ma vie. J'ai décidé d'assouvir ma passion, j'ai signé en toute connaissance de cause, même si les risques sont aujourd'hui plus grands en raison de la puissance des bateaux actuels.

Depuis le précédent Vendée Globe, un bouleversement dans ma vie a modifié la perception que j'ai de ma disparition possible : aujourd'hui, j'aime et je suis aimée. La perspective a changé, il y a une vie après le Vendée Globe, une vie extraordinaire. Non pas que j'aie eu le sentiment que le chaos ou un vide insondable m'attendait au retour de mon premier tour du monde, bien au contraire : tout était possible, tout pouvait m'arriver, l'horizon était dégagé sur trois cent soixante degrés. Mais aujourd'hui, alors que je découvre le bonheur de dessiner l'avenir à deux, j'ai une raison évidente de revenir. J'en ressens même l'obligation, comme si j'avais la responsabilité de l'histoire que nous avons à écrire. Ce n'est pas simple, pour quelqu'un dont la mer n'est pas l'environnement, de partager la vie d'un navigateur. Ensemble, nous subissons l'absence, mais lui connaît l'attente au port.

Je ne m'attendais plus à rencontrer le grand amour, surtout pas avant le départ du Vendée Globe, qui se présentait un peu comme la course de ma vie. Jusqu'alors, je m'étais cru vouée aux amitiés amoureuses ou aux amours passagères. On me disait indisponible ou inaccessible : « Ce n'est pas un métier de femme que celui de marin et de coureur au large... », « De toute façon, ta passion est la plus forte, tu n'as besoin de personne... », « Tu n'es jamais chez toi, toujours en vadrouille ; un homme n'a pas sa place dans ta vie... »

Il est vrai que ma trace n'est pas facile à suivre, et je ne souhaitais pas forcément qu'on la suive... Depuis des années, je suis habituée à emplir et vider des sacs de voyage plusieurs fois par semaine. Il est des périodes où je séjourne dans cinq lieux différents en l'espace de huit jours. Mes parents, chez qui je fais régulièrement escale lors de mes passages à Paris, m'ont surnommée avec tendresse leur « juif errant » !

J'avais donc fini par me convaincre que le grand amour n'était pas pour moi, ou qu'il ne pourrait survenir que lorsque j'aurais cessé de courir au large. Mais il a surgi par surprise, fort, beau, grand, évident. Il a bouleversé mes priorités. Je lui ai consacré du temps et une attention que j'aurais jadis réservés à mes projets en mer.

Je sais que la course au large n'est pas toute mon existence et qu'au-delà du Vendée Globe, ma “carrière” de navigatrice s'estompera progressivement. Mais d'ici là, nous devons traverser ensemble l'aventure du tour du monde que je vais courir en solitaire.

Le 5 novembre 2000, je ne serai pas tout à fait seule lorsque je franchirai la ligne de départ aux Sables d'Olonne. J'emmène en pensée et dans mon cœur tous ceux qui m'accompagnent sur cette route et celui qui m'accompagne dans ma vie. Pour tous, mais surtout pour les miens et pour lui, j'ai envie de revenir. Plus riche et plus forte.

Générique

L'histoire que je vous ai contée concerne et met en scène des dizaines voire des centaines d'individus, équipe de management et équipe technique, partenaires, fournisseurs... Impossible de citer tout le monde, mais que tous soient remerciés pour ce qu'ils ont apporté dans la réalisation de ce merveilleux rêve.

Les partenaires
Whirlpool, Christian Brabant et son équipe ;
Glénat, Jacques Glénat et son équipe ;
Fastnet, fournisseur des vêtements techniques ;
Fenwick, mise à disposition d'un pneumatique ;
France Télécom, partenaire communication embarquée ;
Loxxia, partenaire financier ;
Alizés Automobiles, prêt d'une Audi A4 Quatro et d'un Transporteur Volkswagen ;
Bleu Corail, site Internet ;
Boero, peinture marine ;
Dubarry, chaussures ;
Informatique et mer, logiciel de navigation Maxsea ;
Facnor, enrouleur de voile ;
Matrox, carte informatique ;
Starvital, produits vitaminés et sels minéraux ;
Thalassothérapie de Carnac, préparation physique ;
Julbo, lunettes de soleil.

L'ÉQUIPE MANAGEMENT
Anne Combier, project manager ;
Frédéric Léonard, project manager ;
Équipe Hickory, Laetitia Charpentier, Virginie Pires, Noémie Furet, Laurence Caraes, animation du site Internet.

L'ÉQUIPE TECHNIQUE
Luc Bartissol, responsable technique ;
Patrick Jullien, assistance ;
Pierre-Emmanuel Hérissé, assistance ;
Valérie Tisseraud, assistance ;
Lionel Lemonchois, responsable technique pendant la construction ;
Hélène Attié, logistique avitaillement ;
Marc Lombard, architecte, Éric et Lucien.

L'ÉQUIPE SANTÉ
Tiburce Darrou, préparation physique ;
Anne et Catherine de la Thalassothérapie de Carnac ;
Marc Saramito, Jean-François Lescuyer (Starvital) et Jean-Yves Chauve, suivi médical ;
Caroline Montrelay, préparation mentale ;
Thierry Jallais et Jacques Saada, ostéopathes.

Un remerciement particulier pour Isabelle Fortis, des Éditions Glénat qui m'a tenu la main dans l'accouchement de ce livre.

Table des matières

Impression réalisée sur CAMERON par

BRODARD & TAUPIN

GROUPE CPI

La Flèche

pour le compte des Éditions GLENAT
en octobre 2000

Imprimé en France
Dépôt légal : octobre 2000
N° d'impression : 4239